Ikaros över Brandbergen

Omslagsbilden är ett slags Ikaros målad av författaren på en vägg-
målning i Brandbergens centrum, som gjordes gemensamt av Brand-
bergens Ungdomsgrupp under ledning av konstnären Mikael Eriks-
son i början på 1980-talet. Väggmålningen är numera övertäckt men
såvitt känt ännu ej riven.

Bakgrunden är en husfasad från Brandbergen, ett fotografi
taget av författaren i samband med utgivningen av första upplagan
av denna bok.

☲ Hexagram nummer 22 ur *I king*, Föränderlighetens bok. Hexa-
grammet består av tecknen för brand och berg, vilka tillsammans
bildar ordet *pi*, elegans. I boken berättas att det symboliserar en hård
och karg yta, som inom sig döljer lyster och skönhet.

Ikaros över Brandbergen

Stefan Stenudd

arriba.se

Stefan Stenudd är författare på svenska och engelska, frilansjour-
nalist, idéhistoriker och instruktör i den fridsamma japanska kamp-
konsten aikido, som han tränat sedan 1972. Som journalist har han
bland annat recenserat böcker i Aftonbladet, musik och teater i DN,
samt krogar i Sydsvenskan. Inom idéhistorien forskar han i skapel-
semyters tankemönster och Aristoteles poetik. Han föddes 1954 i
Stockholm men bor sedan 1991 i Malmö. Stefan har sin egen fylliga
hemsida: **www.stenudd.se**

Skönlitteratur:
Ikaros över Brandbergen 1987, 2011, 2018
Om Om 1979, 1985, 2011
Den siste (Evigheten väntar) 1982, 2011, 2018
Tao Erikssons sexliv 1992, 2007
Zenit och Nadir, 2004
Tröst 1993, 1997, 2003
Drakar & demoner 1987
Mord 1987
Alltings slut 1980

Facklitteratur:
Bong. Tolv år som hemlig krogrecensent 2010
Tao te ching, taoismens källa 1991, 1996, 2004, 2006
Aikido, den fredliga kampkonsten 1992, 1998, 2011
Qi – öva upp livskraften 2003, 2010
Miyamoto Musashi: Fem ringars bok 1995, 2003, 2006
Aikido handbok 1996, 1999, 2004
Iaido 1994
Ställ och tolka ditt horoskop 1979, 1982, 1991, 2006
Horoskop för nya millenniet 1999

arriba.se

Ikaros över Brandbergen
© Stefan Stenudd 1987, 2011, 2018
Text och grafisk form av Stefan Stenudd.
Arriba förlag, Malmö, info@arriba.se
Tryckt av Amazon KDP
ISBN 978-91-7894-068-4

Fredag

Den 4 november 1983

1

Leo var övertygad om att solen höll på att dö. När den väl försvunnit bakom horisonten skulle den aldrig mer visa sig. Inte ett ögonblick tvivlade han på att detta var den sista dagens allra sista minuter, före det eviga mörkret. Om en kort stund skulle inget annat ljus än de fjärran stjärnorna någonsin stråla från himlen.

Det bekymrade honom inte.

Många gånger hade Leo precis som nu andäktigt stirrat in i solnedgången, sittande i fönstersmygen. Ena benet dinglade i fria luften och det andra var böjt, med foten vilande på brädet.

Han bodde högst upp, på sjunde våningen, nästan tjugo meter över marken. Huset omgärdades av ett smalt buskage. Det var kalt och livlöst nu vid november månads slut. Utanför planteringen låg den hårda, gråsvarta asfalten.

Ingen människa skulle överleva ett fall till marken. Rykten gick om att en och annan katt klarat det, men Leo hade svårt att tro på dem. Inte ens om den lättaste varelse skulle ha turen att falla i buskagets tätaste parti fanns stora utsikter att den sedan skulle resa sig, borsta kvistar och torr jord från kroppen och gå därifrån.

Inte heller det bekymrade honom.

Leo hade sällan tittat ner mot marken, annat än de första gångerna han krupit upp i fönstret, eller ibland när polisbilarna ovanligt långsamt kröp förbi kvarteret på sin patrullering.

Nej, blicken hölls i trans av den försvinnande solen. Varken rädsla för det långa fallet eller några andra tankar rörde sig i huvudet. Han var domnad, som i dvala, och tiden gick utan att han märkte det. Senhöstens råa luft berörde honom inte. Allt han hörde var musiken från den högt uppskruvade stereon och allt han såg var det sjunkande, rodnande solklotet.

Leo var alldeles borta.

Det hade börjat för ganska precis fem månader sedan, en kväll i juni när han just flyttat in i lägenheten på Oxens gata 263.

Möblerna hade ännu inte funnit sina platser, trots att de var få och det egentligen inte var mycket till yta att sprida dem över. Allt som allt mätte lägenheten fyrtiosex kvadratmeter fördelade på två rum, det ena något större än det andra, och mellan dem hallen, badrummet och ett minimalt kök.

Lägenheten var tydligt nedgången av många tidigare hyresgäster. Sargade tapeter och flera stora fläckar på det gråspräckliga linoleumgolvet. I Leos ögon var den blygsamma våningen ändå ett palats. Det första egna hemmet.

Han ryste av tillfredsställelse när han första gången stack nyckeln i låset och vred om, en smula osäker på om den verkligen skulle passa, om inte allt var ett misstag och han skulle kliva rakt in till en förvånad trebarnsfamilj som satt prydligt samlad runt TV-apparaten.

Men nej, lägenheten var alldeles öde och Leos alldeles egen. Värden hade ännu inte fått upp hans namn på brevlådan, så det första Leo gjorde var att ta en pensel och skriva dit det med vit målarfärg direkt på ytterdörren.

Därinne var det tomt så det ekade, luktade damm och unken luft. Vid den första, högtidliga promenaden genom rummen passade han på att öppna alla fönster på vid gavel.

Då lade han märke till den hisnande utsikten. Huset låg vid kanten av den kulle som bostadsområdet byggts på. Inga grannhus skymde sikten, förutom gaveln på det närmaste, som skymtade på höger sida. Det störde inte alls. Hela himlen bredde ut sig utanför lägenhetens fönster, som alla vette åt samma håll, åt väster. Han såg bebyggelsen i Jordbro, Handen, till och med Farsta. Landskapet krälade långt under hans fötter. Vägar, bilar, träd, byggnader – alltihop smått som modeller i en leksaksaffär.

När solen sken in på eftermiddagarna blev det hett som i en bastu, men även på andra tider kunde det vara ganska kvavt. Han fick ha fönstren öppna så ofta vädret tillät, också på nätterna.

Det blev nästan som att ligga på en balkong, när han sov för vidöppna fönster. Leo saknade en sådan, sneglade då och då en smula bittert på grannarnas ståtliga uterum, fyllda med trädgårdsmöbler och allsköns prunkande blomlådor. Tänk att kunna sitta sådär till hälften utomhus och smutta på en kopp ångande te när solen gick ner!

Han hade sett hur dramatiskt den stora fria himlen färgades då solen dalade – röd som blod och eld, från den svarta horisonten till himlavalvets högsta punkt.

Det röda ljuset fyllde även lägenheten, som vid en eldsvåda, innan solen helt försvunnit och natten tog över.

I midsommartid var den korta natten en sådan frestelse, en syrlig karamell som smälte och försvann innan smaken hann bli monoton. Han tog tuggor av den svala nattluften, fylld med mystiska dofter och syre så friskt att ådrorna darrade vid varje andetag.

Himlen var fattig på stjärnor, men fastän de sken svagt kändes de så nära att han borde kunna plocka dem med pincett. Skuggorna var varma och de färger som skymtade mer mättade än någon annan tid på året.

Den korta midsommarnatten var ett koncentrat av alla nätters väsen, ögonblickligen berusande. Det gick inte att sova bort så säregna timmar.

Ända sedan de första tonåren hade Leo sovit länge under vinterhalvårets mörka månader – inte alltid ivrig att krypa ner i sängen på kvällarna, men desto ovilligare att lämna den på morgnarna. På sommaren var det annorlunda. Från midsommartid och långt in i augusti kunde det gå ett dygn och ibland två, innan ögonlocken föll ihop med betvingande tyngd. Han lyckades sällan komma i säng förrän gryningsljuset blekte himlen.

Tillbringade han inte nattens timmar tillsammans

med sina vänner kunde han strosa mellan höghusen alldeles ensam, likgiltig för både tid och riktning. Husfasaderna såg nattetid ut som stora, mörka berg. Enstaka fönster var upplysta, oftast avskärmade med persienner eller tjocka gardiner. Inga andra ljud nådde honom än naturens hemlighetsfulla, diskreta läten och en och annan bils avlägsna brummande.

Ofta korsade han ringvägen som omgav höghusområdet, fortsatte förbi radhusen och in i skogarna mot Dalarö. Där fanns ännu rester av vildmark, fastän avverkningarna varje säsong trängde djupare in. Leo lät sig ledas av slumpen. Eftersom han hade all tid fanns inget sätt att märka om den förde honom vilse. Han kom alltid ut på Dalarövägen igen – förr eller senare.

Andra nätter styrde han stegen mot Svartbäcken och Tyresta, där terrängen var ordentligt kuperad och uppbruten av minimala sjöar och porlande vattendrag. När mörkret var som tätast, moln skymde månljuset och Svartsjön låg stilla, svartare än himlen, var det riktigt kusligt att klä av sig naken och försiktigt kliva i.

Det var alltid varmare i sjön än i luften. Vattnet kändes mycket tjockare och trögare på natten än på solstrålande dagar, som om mörkret förvandlat det till olja. Han simmade i sakta mak en bit från stranden, tills han inte längre bottnade. Där kände Leo hur all civilisation rann av honom.

På sätt och vis blev han som ett djur, ett vilt djur utan hjärna. Glömde allt som hörde vardagen till och tänkte ingenting alls. Bara upplevelse fanns i det oljesvarta vattnet. Frid.

Leo önskade sig att som gammal man möta döden

precis så. Simma ut i sjön, en ofattbart stilla sommarnatt, och sedan sjunka.

Uppe ur vattnet brukade han krypa ihop på en klipphäll, tända en cigarrett och röka den andaktsfullt med djupa bloss. Droppar kilade nedför sträv, frusen hud. Det var tyst som i graven. Alldeles, alldeles ensam.

Leo var efter ett sådant dopp piggare än efter den längsta och djupaste nattsömn. Han gick därifrån med steg som studsade över marken.

Då och då på sina promenader mötte Leo någon ensam flanör som vandrade omkring lika planlöst som han själv. De sneglade åt varandra i det spöklika skenet från glesa gatlyktor.

Hur fånig det än fick Leo att känna sig, kom sådana möten alltid hjärtat att klappa hastigare och hårdare, så att den andre måste höra det och hånfullt dra på munnen i skydd av dunklet. Eller blev kanske den han mötte minst lika skräckslagen inför Leos bleka uppenbarelse – blont hår, ljus hy och för det mesta klädd i vita plagg?

Sommarnattens skuggland, med månsken och vibrerande gatljus, brukade förvränga verkligheten. Man kunde aldrig vara säker på vad ögonen rapporterade. Skuggor levde, blev till hotfulla varelser. Även de mest triviala ting, som vägskyltar, buskar och övergivna cyklar, såg skrämmande ut.

Också tystnaden var speciell – tjockare än mossa, hemlighetsfull och laddad. Inte en passiv tystnad, som i sommarstängda skolor eller i en öde farstu. Den här tystnaden verkade lura på sina besökare. De ljud som trängde fram lät på något vis övernaturliga, likt lockrop eller varningar från en annan värld – även om deras ursprung var aldrig så lätta att förklara.

När Leo vandrat några timmar i sådana landskap, hade adrenalinet väckt varje cell i kroppen och huvudet surrade av en alldeles specifik inspiration. Han var inte samma människa som på dagarna. Kanske en sannare människa, närmare en annan, större verklighet.

Nej, det gick inte att sova bort allt det.

När han så hade flyttat in i sin första egna lägenhet och häpnat över den ståtliga utsikten, då föll det sig naturligt att möta natten därifrån.

Första gången var faktiskt på själva midsommarafton. Leo ville vaka ut årets kortaste natt. Enligt kalendern skulle solen gå ner fem över nio på kvällen och upp strax efter halv tre nästa morgon. Men riktigt mörkt skulle det inte vara mer än ett par timmar.

Leo hade ägnat hela dagen åt att måla över de slitna tapeterna – med vitt naturligtvis, den enda färg han aldrig tröttnade på. Lukten från torkande akryl stack i näsborrarna.

Strax före nio drog han ur telefonjacket och kröp upp i fönstret. Askfatet och ett nyöppnat paket Prince fanns inom räckhåll på soffbordet, tillsammans med tekoppen och en fylld termos. Det skulle bli en riktig vaka. Stereon spelade med tillräckligt hög volym för att bastonerna skulle kännas i magen.

Klockan blev fem över nio. Enligt kalendern skulle

solen ha gått ner, men den hade fortfarande en god bit kvar till horisonten.

Leo sneglade igen och igen på armbandsuret. Han visste att klockan gick rätt, hade ställt den efter fröken Ur alldeles innan han drog ur jacket – så vad var det för fel på solen?

Trots att det sved i ögonen stirrade Leo oavbrutet mot den bländande solskivan, som för att upptäcka någon defekt i den. Hade han råkat välja just den dag, bland alla miljarder år, då allt gick galet, då kosmos bröt rytmen och världens undergång tog sin början? Stundens magi var tillräckligt stor för att något sådant skulle kunna hända, det kände han i kroppens alla fibrer.

Hade han utmanat makterna med sin lilla ritual, var detta straffet för ett alltför starkt begär efter naturens skådespel?

Leo ville fnysa åt sin skrockfullhet men kände att om ingen rimlig förklaring snart dök upp skulle paniken stiga i honom. Varför, varför? Klockan blev halv tio, utan att solen ens snuddat vid horisonten. Redan så gott som en halvtimme försenad!

Med växande fasa fastnade Leos blick alltmer på solen, så att han till slut inte tittade åt något annat håll förrän den gått ner helt bakom horisonten och himlen började mörkna. Bilden av solens runda skiva var etsad på näthinnorna. Med stor svårighet lyckades han sänka blicken och efter minuter av blinkningar se tillräckligt klart för att tyda klockan.

Den var fem över tio. Exakt en timme hade han suttit fångad och bländad. Solen hade varit en timme försenad!

Mindes han fel, hade det stått fem över tio i kalendern? Han skyndade sig att kontrollera. Nej. Fem över nio, tydligt och klart. Leo skakade på huvudet och muttrade en tankfull svordom med käkarna hårt sammanpressade.

Då fångade ögonen en rad längst ner på kalendersidan, skriven med liten, kursiv stil:

Sommartid erhålles genom att lägga till en timme.

Sommartid. Naturligtvis! Hans klocka gick ju på sommartid, den var framflyttad en timme sedan slutet på mars – men självklart inte solen. Den brydde sig inte ett dugg om mänskliga bekvämlighetsåtgärder.

Då stämde det, gud ske lov! Där låg felet.

Leo skrockade åt sig själv och slappnade av, lycklig trots att midsommarvakan börjat så illa. När han blundade såg han fortfarande solskivan lika tydligt som om den ännu fanns mitt för näsan. Den hade haft gott om tid att rista in sig på hans näthinnor.

Leo slog upp en kopp rykande hett te, tände en cigarrett och satte sig åter på fönsterbrädet. Han behövde begrunda det hela och dessutom smaka på natten såsom han från början tänkt. Mörkret tätnade, enstaka stjärnor blev synliga. Värmen som hus och gator sugit åt sig under den långa dagens solsken ångade nu tillbaka mot skyn.

Natten tog över. Tog girigt över, tyckte Leo.

2

Solnedgångens spektakel hade smittat honom och trå-
naden växte sig därefter allt starkare. Den cirkel solen
ristat på Leos näthinnor försvann på någon timme men
lämnade kvar en svag retning, som om solen själv kall-
lade på honom.

Långt inne i hjärnan växte åtrån. Leo hade betraktat
ett storslaget skådespel, när solen föll under horisonten
och natten spred sig över himlen, och därvid tittat så
djupt in i ljusklotet att en kontakt uppstått mellan dem.

Leo var inte särskilt förvånad. Det var på sätt och
vis samma sak som kan hända mellan vissa människor,
främlingar som råkar se varandra i ögonen och sedan
inte kan låta bli att titta igen och igen. En uppenbarelse
i det korta ögonblicket, som fick det att verka som om
hela världshistorien vävts med det enda målet att de två
skulle sammanföras – hur flyktigt mötet sedan än blev.
Leo måste titta igen.

Han mindes också tydligt dvalan som det skarpa
ljuset åstadkommit. Efter en stunds sveda hade känseln
i ögonen försvunnit, de hade blivit fixerade som vid en
TV-apparat. Solstrålarna hade borrat sig rakt in i huvudet
och frätt det rent. Leo hade blivit tom inombords, som ett
raderat kassettband eller en simbassäng efter stängning
med parkettgolvsslät vattenyta.

Hjärnan hade varit alldeles ledig under nästan en timme. Det ville han också uppleva på nytt.

Leo tog för vana att tillbringa solnedgången uppkrupen i sitt fönster. Blicken var stel och bröstet hävdes i långsamma, djupa andetag.

Vid den årstiden, veckorna efter midsommar, kom solnedgången sent och natten var så kort att skuggorna inte hann mer än snudda vid terrängen, innan solljus åter sprängde fram. Det korta doppet under horisonten var inte allvarligare än när barn i en grund bassäng kniper fingrarna om näsan, hastigt hukar sig så vattnet slår ihop ovanför huvudet och genast frustande reser sig i en kaskad av små vattendroppar. Bara en lek.

Avståndet mellan solens nedslagsplats i nordväst och dess uppstigning i nordost var inte heller särskilt stor. Ett litet kliv, en studs under horisonten, som om solen vore en gummiboll. En lek.

Men med tiden kom kvällarna tidigare, skuggorna djupnade och natten tänjdes ut. Solens bana över himlavalvet blev snävare och sydligare. Leo började ana vartåt det lutade.

För varje skymning han satt uppkrupen i fönsterposten blev kontakten med solen intensivare och på något vis intimare. Sinnet for iväg de åtta ljusminuterna genom rymden och slank in i eldkroppen. Leo tyckte att han kunde smaka dess väsen lika tydligt som en apelsin man sänker tänderna i. Han var där, inuti det gigantiska infernot.

I dessa skymningsstunder, utan tid och avstånd, var de förenade. Därför kände han det tydligt på sig:

Solen höll på att gå förlorad.

Varje gång den doppades under horisonten föll den tyngre och fick kämpa längre för att ta sig upp i öster. Det var uppenbart att den en natt måste falla så djupt att den inte skulle orka resa sig mer. Solen bar med trötthet sin väldiga kroppshydda, strålarna blev för var dag allt mattare. Slutet nalkades.

Efter det första tiotalet vakor i fönsterposten visste Leo i sitt hjärtas innersta att han skulle förstå när den sista stunden var kommen. Han skulle känna det i skuggornas segervissa anstormning, i solglobens tunga fall från himlen och de sista strålarnas förtvivlade frenesi.

Här var nu den stunden.

Nästan ett halvår hade gått sedan midsommarnatten. November. Molnfri himmel. En byig, vilsen vind studsade mellan husväggarna. Alla lövträd stod sedan länge kala med spretande, torra grenar. Ingen snö hade ännu fallit men marken hade hårdnat och temperaturen hölls runt noll. Leos andedräkt var lika vit som cigarrettrök.

Han hade tagit på sig en tjock, stickad tröja som räckte honom en bra bit ner på låren. Ändå var det så pass kyligt i fönsterposten att han satt med armarna i kors över bröstet.

Tröjan var lika blixtrande vit som raffinerat socker. Trots att han blekt jeansbyxorna ett otal gånger bar de ännu en svag ton av sin ursprungsfärg, likt de skira blå skuggorna i ett snölandskap. Han hade inga skor på fötterna och de tjocka frottéstrumporna hade halkat ner till fotknölarna. Armarna darrade en aning över bröstet, men blicken var fixerad på solskivan.

Klockan hade inte ens slagit fyra när Leo tagit plats i fönstret. Solen var just på väg att doppa sin nederkant under horisontlinjen. I det ögonblick han satt sig tillrätta stod det överväldigande klart för honom – detta skulle bli den stora finalen! Solen var så trött och kraftlös. Den skulle aldrig orka med ännu en gryning.

Men Leo var inte rädd. Andäktig, allvarlig – inte rädd.

Det gick fort. På några minuter hade solen sjunkit så djupt att bara en liten flisa ännu stack upp och sände sina sista desperata strålar, som förgäves sökte tända eld i landskapet. Blodröda, kallnande strålar.

Stereon inne i rummet spelade Led Zeppelins långa rockballad *Stairway to Heaven* med väldig volym. Leo kunde varje ord i texten och varje ton den skrovliga elgitarren stönade. Musiken vällde ut genom fönstret och begravde alla andra ljud, även brummandet från bilarna som rusade förbi nere på motorvägen några stenkast framför huset.

Samtidigt som de sista solstrålarna slank över horisonten och borrade sig in i Leos pupiller, klättrade Led Zeppelins sång mot sitt crescendo. Leo tänkte ingenting.

Med undantag för den djupa andningen och armarnas lätta darrning, satt han alldeles stilla och inte längre så tungt på fönsterblecket. De slitna jeansbyxorna fick dåligt fäste. En orolig vind rufsade om i hans blonda hår och ryckte aldrig så lätt i tröjan. Små luftströmmar slank in i skårorna på fönsterbrädet, under Leos fot och bak.

Gardinerna fladdrade, gitarren som hängde i en krok på väggen inne i rummet hade satts i gungning. Solen hade sjunkit under horisonten och syntes inte mer. Skymningens dunkla hinna drogs över himlavalvet.

Leo såg det inte. Han var blind. Huvudet hade öppnats av en sällsam berusning och alla hans sinnen hade sträckt sig långt utanför kroppen. Leos förnimmelse snuddade vid himlens höjder, lika innerligt och självklart som om det vore fingertopparnas beröring av åtrådd hud. Han visste inte om sin kropp, som glidit en bit längre ut på fönsterblecket.

Det bågnade inte, fast det fick bära hela hans tyngd under några sekunder. Men den målade ytan var hal, jeanstyget fick inget fäste. Leo föll.

I samma ögonblick ringde dörrklockan.

3

Det hade blivit en mani. Marianne kunde inte för sitt liv låta bli, fast det var så upprivande. Kunde det sluta på något annat sätt än vad hennes fantasi de senaste månaderna om och om igen hade målat upp, något hon sist av allt ville bevittna i verkligheten?

Ändå stod hon rak och stel som en piedestal i vardagsrummets mitt, med blicken fäst på en enda punkt. Fastän dunklet lagt sig en god stund innan himlen mörknat, hade hon inte tänt några lampor. Där var alldeles tyst och stilla. Skuggor täckte parketten och stora delar av väggarnas färggranna blomtapeter.

Eftersom Marianne hade en hörnlägenhet fanns det fönster på två av vardagsrummets väggar – dels ut mot balkongen på kortväggen, som i alla andra lägenheter, men också ungefär mitt på ena långväggen. Det extra fönstret var inte särskilt stort och verkade ännu mindre mot den långa, släta väggen. Hur ofta, de senaste månaderna, hade hon inte önskat slippa det!

I själva verket ville hon inte alls bo så högt upp som på femte våningen – dessutom i ett hus som låg alldeles intill en brant sluttning – men valet hade stått mellan den här lägenheten och en i markplanet. Där nere vågade Marianne absolut inte bo, med tanke på insynen från gatan och inbrottsrisken.

De hade sagt på bostadsförmedlingen att hon gärna fick vänta tills en ledig tvårummare dök upp på andra eller tredje våningen, men vem visste hur länge det skulle dröja? Så Marianne hade svalt hårt och skrivit på alla papper. Hon måste ju ändå någon gång komma över sitt obehag för höjder.

En gammal tant med speciella gåvor hade tittat djupt i hennes ögon då Marianne inte var mer än en nybliven tonåring och förklarat att höjdrädslan berodde på upplevelser i ett föregående liv.

Då, berättade tanten med sin genomträngande röst, hade Marianne varit soldat i ryska armén och deltagit i andra världskriget. En ung rödhårig ryss med konstnärliga ambitioner, som det aldrig blev tid att utveckla. En gång, när den unge soldaten tillsammans med tusentals andra släpptes ner från flygplan över fiendeland, hade fallskärmen inte vecklats ut i tid. Han slog ihjäl sig mot marken.

Den gamla tanten hävdade bestämt att Marianne fötts som kvinna i detta fredliga land för att vara säker på att slippa allt som hade med krig att göra. Höjdrädslan kunde hon inte på samma sätt skyddas från, utan måste själv lära sig behärska.

Marianne visste inte vad hon skulle tro, men glömde inte ett enda ord.

Nog skrämde henne kriget, i de glimtar hon fick på TV-nyheterna. Och vad hon tyckte om höjder rådde det inga tvivel om. Obehaget var mycket starkare än vad som vore rimligt, med tanke på att hon – så vitt hon kunde minnas – aldrig haft någon otäck höjdupplevelse i detta liv.

Här bodde hon i alla fall på femte våningen, gick aldrig ut på balkongen, undvek till och med att komma nära fönstren – mer än för att tvätta dem eller hastigt dra för gardinerna.

Inte heller nu såg Marianne nedåt, där hon stod som förstenad i rummets mitt. Blicken var riktad snett upp genom rutan på långväggen, mot ett speciellt fönster på grannfasaden, mindre än femtio meter bort.

Huset närmast intill följde inte i rät linje. Det stod tiotalet meter tillbaka för att ge plats åt en vändplan vid slutet av Oxens gata. Marianne kunde därför se både husets kortvägg och hela den långa fasaden.

Just det fönster som hon inte släppte med blicken, det fjärde på toppvåningen, var till skillnad från alla andra vidöppet. En ung man satt uppkrupen på fönsterblecket, med ena benet dinglande utanför. Sju våningar över marken!

Första gången Marianne råkat se honom sitta där var sent en högsommarkväll. Patrik hade äntligen fogat sig i hennes befallningar och somnat i sin säng. Hon skulle just slå sig ner med kaffe och ett par smörgåsar framför TV-apparaten, för att i lugn och ro titta på någon gammal cowboyfilm. Solen var på väg ner.

Då hade hon skymtat honom i ögonvrån och kastat en blick dithåt.

Marianne tappade nästan brickan hon bar på. Att han vågade! Tjugo meter över marken! Satt han inte så avspänt, med ena benet hängande framför husväggens skrovliga yta och ryggen vilande mot fönsterkarmen, skulle hon inte kunnat tro annat än att han tänkte hoppa. Men ynglingen verkade inte ens medveten om stupet under sig. Blicken var fäst på solen, röd och väldig där den sakta sjönk nedför himlen. Det såg faktiskt ut som om den hade hypnotiserat honom.

Marianne blev lika stel då som nu och kunde inte slita blicken från honom, knappt ens andas, förrän han makligt klev tillbaka in i sin lägenhet när solen helt gått ner.

Då först lossnade hon ur krampen, vacklade fram till soffbordet, ställde ner brickan och satte sig med skälvande ben. Hjärtat bänkade. Det dröjde en god stund innan hon slappnat av och sjunkit in i filmens handling.

Någon vag intuition fick henne att fortsättningsvis då och då snegla mot samma fönster, fast hon inte kunde föreställa sig att det skulle upprepas. Visserligen stod fönstret ofta vidöppet nätterna igenom, men utan att något hände. Ett par gånger skymtade ynglingen i fönsteröppningen och hennes puls gick genast upp i varv. Men han bara tittade ut över nejden en stund, eller slängde ut en pyrande cigarrettfimp efter att ha tagit ett sista djupt bloss.

En dryg vecka senare, då hon praktiskt taget vant sig av med att titta åt det hållet, hände samma sak på nytt. Återigen var det skymningstid och han satt där lika behagfullt som i en pösig läderfåtölj, stirrande mot solen.

Marianne kände förtvivlan. Vad rörde sig under

den där blonda kalufsen då han lät ögonen brännas av solstrålarna, ofta så länge som en halvtimme, innan solen var helt uppslukad av horisonten? När mörkret tätnade tyckte hon att den unge mannens ögon glödde av allt ljus de tagit in.

Sedan gnuggade han dem med handflatorna, sträckte makligt på sig och klev in till sitt, precis som första gången. Marianne flämtade av återhållen andning, hjärtat fladdrade i bröstet.

Snart stod det klart för henne att den blonde ynglingen gjorde på samma sätt praktiskt taget varje molnfri skymning – stirrade rakt in i solnedgången som vore den ett underverk. För Marianne var det en mardröm som blivit verklighet.

Ändå kunde hon inte låta bli att oroligt snegla åt det hållet, varje gång hon var hemma vid skymningstid. Hon våndades och försökte med tanken förmå honom att avbryta övningen och återvända in i sitt rum. Tyst bönade hon: Gör det inte! Gå in och stäng ditt fönster!

Dessutom vädjade Marianne till högre makter att hålla honom uppe, göra hans säte säkert och styra vindarna så att de skulle knuffa honom inåt – aldrig rycka honom ut i fria luften. Hon var alldeles matt efter en sådan halvtimme, med svettpärlor i pannan och en malande huvudvärk.

När dessa maror pågått några veckor tyckte Marianne att hon lärt känna ynglingen, fast hon inte ens visste vad han hette.

Mager som en sticka var han, kanske några år över tjugo. Ljust rakt hår räckte en bit ner över nacken och om han inte noggrant strukit den åt sidan skulle luggen täcka ögonen. Ansiktet var avlångt, näsan stor men smal och läpparna närmast obefintliga. Mer gick inte att se på detta avstånd. Hon var inte ens säker på att hon skulle känna igen honom om de möttes på gatan.

Kanske skulle hon ändå det, på något vis. Med alla sina böner och besvärjelser hade Marianne trängt in i den unge mannens sinne, smakat på hans själ. Hon borde kunna känna hans närvaro även på ett fullsatt pendeltåg, eller mitt i stimmet på ICA en fredagseftermiddag.

Om så var fallet visste hon att de inte hade stött ihop på hela sommaren och hösten, trots att hon verkligen hållit utkik. Skulle det ske, vågade hon då be honom att avstå från sin våghalsiga vana? Om de träffades kanske hon kunde få honom att ta sitt förnuft till fånga.

Kanske. Det var långt ifrån säkert. Hans gestalt utstrålade beslutsamhet, som om han levde på någon sällsam näring från solnedgångens strålar – det blodröda ljuset. Han skulle inte överge den måltiden frivilligt.

Nå, om hon inte fick honom att avstå för sin egen skull, var det väl inte omöjligt att han skulle göra det för hennes. Sätta stopp för hennes kval, om hon bad tillräckligt vackert.

Marianne kunde inte förmå sig till att rätt och slätt gå och ringa på hans dörr, fast det vore det enklaste. Många gånger hade hon föreställt sig scenen:

Dörren öppnas, han fäster sin glödande, blinda blick på henne – vad ska hon då säga?

Nej, det skulle inte gå. Inget annat fanns att göra än

hoppas att han slutade självmant – innan det ohyggliga inträffade. Innan han föll.

Det verkade sannerligen inte så. Den unge mannen fortsatte med sin galna ritual, månad efter månad. Och Marianne följde den med fasa.

Hela den här kyliga novemberdagen hade hon någonstans inom sig känt att denna skymning skulle innehålla avgörandet. Därför var Marianne skräckslagen långt innan hon gick och ställde sig i vardagsrummets mitt, strax efter att det gamla vägguret slagit fyra.

Den unge mannen öppnade just fönstret och satte sig tillrätta, lätt klädd i urblekta jeans och en stor stickad kofta, vit som tvättmedel. Trots att andedräkten ångade verkade inte kylan påverka honom mer än att han höll armarna i kors över bröstet. Den vita klädseln – hon hade sällan sett honom i andra färger – passade hans bleka hy och hår.

Marianne mindes sig ha läst någonstans att vitt var sorgens färg i österlandet. Blek som ett lik, vit som en ängel, satt han där med blicken fäst på den dalande solen. I en stillhet som trotsade både den kalla blåsten och stupet under honom.

Hon tyckte att det verkade som om också han visste att det var dags nu. Avgörandets stund. Ett så tungt allvar låg i luften att hon inte kunde begripa hur det var möjligt för vinden att orka röra om i ynglingens hår. Marianne släppte honom inte med blicken, blinkade knappt.

Hennes ögon fuktades, det var möjligt att tårar kom. Allt skulle ske som det måste.

Minuterna kröp sakta förbi, solljuset rodnade tills det fick blodets färg och tycktes inringa och locka på just honom. Den bleka hyn och den vita koftan fick samma rodnad. Utan att behöva snegla åt väster kunde Marianne följa solens nedgång och visste precis när de sista strålarna skulle slockna.

Mitt i all förtvivlan tänkte hon att det var för väl att Patrik fanns kvar på daghemmet. Hon skulle aldrig ha uthärdat hans klängande kring benen i denna stund.

Skräcken tog ett allt intensivare famntag om henne. Det var en fråga om sekunder. Ljuset tunnades ut.

Nu! Hon drog hastigt in andan.

Han föll, till synes utan att själv märka det. Passiv som en trasdocka. Genast slöt Marianne ögonen, flödande av tårar. Hon ville aldrig mer öppna dem.

4

Gunilla lät åter tummen studsa mot ringknappen ett antal gånger i snabbt tempo. Signalen lät precis så irriterad som hon kände sig, stående som ett fån framför en stängd dörr. Hela situationen var pinsam, rentav förnedrande. Varför kom han inte och öppnade?

Musiken som trängde genom dörren – det var den där vackra balladen, vad den nu hette, av Led Zeppelin – gjorde det alldeles uppenbart att Leo måste vara hemma. Ändå kom han inte och öppnade, fast Gunilla stått där och plingat på klockan uppemot en minut.

Kunde det vara så att han helt enkelt inte hörde, för att musiken var så högt påskruvad? Även ute i farstun dundrade varje ton, som om inga väggar fanns. Gunilla böjde sig ner och fällde upp brevlådan. Ljudet från skivan tog genast ett skutt emot henne. Hon röt med lungornas fulla kraft i brevspringan:

"Leo! Det är jag! Kom och öppna!"

Hon vände örat till. Inget hände, inga andra ljud än musiken gick att urskilja.

"Det måste han i alla fall ha hört!" muttrade hon, släppte brevlådan och sträckte på ryggen.

Gunilla tittade tomt på dörren, där Leo penslat sitt namn med vit målarfärg. Hon petade med pekfingernageln på en av de stelnade dropparna. De sista skira tonerna klingade ut och tystnade. Gunilla hörde knäppet när grammofonen stängdes av.

Det blev märkvärdigt tyst i farstun. Sekunder svävade förbi. Strax bakom henne, från maskinrummet en halvtrappa upp, hördes tickandet från de reläer som styrde hissen.

Då sträckte hon fram fingret och tryckte in ringklockan två gånger i långsam, prövande takt. Fingertoppen stannade i fjäderlätt kontakt med knappen, som för att därigenom känna av vad som hände inne i lägenheten.

Ingenting, så vitt hon kunde märka. Inte ett förbannade dugg. Gunilla lät pekfingertoppen studsa några gånger mot ringknappen, så lätt att den inte alls rubbades, och sänkte sedan handen med en suck.

"Han får väl för fan vara ifred, då", mumlade hon, vände sig om och tryckte på knappen till hissen.

Återigen tickade reläerna högt och tydligt, som om de styrde något större och märkvärdigare än den lilla hisskorgens färd upp och ner.

Gunilla gick ut genom den port som vette mot gården, där naket buskage, öde sandlådor och några klätterställningar med flagnande färg bildade hinderbana till nästa husfasad, som tornade upp sig på mindre än femtio meters avstånd. Bakom den syntes nästa hus och nästa, likt väldiga dominobrickor.

Skymningen hade djupnat, himlen skulle snart vara svart som asfalten. Ingen snö hade fallit ännu, så de glesa gatlyktorna längs promenadstigen räckte inte långt med sitt ljus. Rå luft virvlade planlöst omkring. Gunilla tog ett djupt andetag och knäppte jackan ända upp till halsen. Hon fick för sig att oväder var på väg, fastän inget moln syntes och vinden var så svag att den inte hade någon bestämd riktning.

De flesta fönstren var upplysta, strålande av värme och hemtrevnad. Få människor visade sig utomhus. Några barn stod i en portöppning och bollade något mellan sig. Det såg ut att vara en kniv, men Gunilla kunde inte se riktigt tydligt. De brydde sig inte alls om henne. En medelålders man i träningsoverall rastade sin schäferhund. Den var inte kopplad och såg heller inte alltför väldresserad ut, så Gunilla kunde inte låta bli att hålla ett vakande öga på både husse och hund tills de försvunnit, i riktning mot Klockarbergsskolan.

Gunilla nafsade tankfullt med framtänderna i underläppen. Mörkret, kylan, tystnaden och de väldiga fasaderna där många fönster var upplysta men ingen människa syntes till – det gjorde henne dyster och fick henne att känna sig lika vilsen som ett barn den första dagen på sommarkoloni.

Man skulle bo på Manhattan, tänkte hon. Ständigt ett myller av tusentals människor omkring sig – i varje kvarter, varje timma på dygnet. Ett hav av främlingar. Aldrig ödsligt. Fast det kunde väl gå en på nerverna, det också.

Gunilla följde en impuls och slank ner på Leffes Minigolf och Pizzeria för att ta sig en calzone, den inbakade pizzan som pyser när man sticker gaffeln i den och först då sprider sina tjocka dofter.

Leffes lokaler täckte hela undervåningen till varm-garaget på Oxens gata. Innan inomhusköpcentret i Brandbergens andra ände stod färdigt var flera butiker inrymda här. Nu täcktes i stället halva ytan av en arton håls minigolfbana och den andra halvan av biljard, ping-pongbord och pizzaserveringen. De flesta besökarna var ungdomar, som mest höll till bland flipperspelen eller satt runt något bord och spelade stötpoker.

De som inte ville slå sig ner i den ganska primitivt inredda serveringen kunde beställa hem pizzor per te-lefon. Några pojkar i de första tonåren levererade dem skyndsamt på sina cyklar, året runt i alla slags väder.

Gunilla fick syn på en av dem, rosenkindad och koncentrerad, som skyndade iväg mot utgången med några pizzakartonger. Fast han var kortare än en biljard-kö och nästan lika smal, uppträdde han lika stöddigt som Clint Eastwood.

Detsamma gjorde de andra pizzabuden. De höll ihop i ett ganska högljutt gäng, som hängde på Leffes även när de inte arbetade. Hur de än tog ton kunde Gunilla inte tycka annat än att det var charmigt. De fram-fusiga smågrabbarna var gulliga, vilket hon förstod att akta sig noga för att säga till dem.

Gunilla stack hål på sin calzone, sög in doften, tog en första tugga och lät blicken glida över på de sävliga minigolfarna, denna kväll inte fler än uppemot tio.

Flera gånger i veckan kom grupper av korpspe-lare till minigolfen, med egna klubbor och ett sortiment av olikfärgade bollar. Då och då hölls turneringar som lockade riktigt skickliga tävlare från andra landsändar. Då kunde det bli trångt i de stora lokalerna.

Fast hon kom hit ganska ofta hade det aldrig fallit henne in att pröva banorna. Det krävdes tålamod och koncentration för att spela minigolf. Hennes eget temperament var annorlunda.

Gunilla föredrog idrotter som krävde mer av kroppen – springa i skogen, spela fotboll eller svettas av sig rejält på det nya gymmet i Najaden. Då märkte man att man levde.

Samtidigt som den sista tuggan slank nedför strupen, fick hon syn på sin spegelbild i en av de tunna glasrutorna som skilde serveringen från minigolfbanan. Hennes mörka hår föll i naturliga lockar halvvägs nedför nacken – någon gång skulle hon vilja klippa det riktigt kort. De stora melerade ögonen, hade många sagt, ägde samma sorgsna ömhet som hundars. Kinderna tyckte hon var lite väl runda.

Fastän klasar av unga män med honungslen röst förklarat hur vacker hon var, betraktade Gunilla själv sitt utseende som ganska alldagligt. Kanske lite hårt smink och kolsvarta, säckiga kläder skulle ändra på den saken? Och kontaktlinser i stället för de gamla svartbågade glasögonen. Hon tänkte sig ansiktet blekare än mjöl, håret hennafärgat och läpparna svartmålade. Mungiporna halkade upp i ett leende. Nej, det fick nog vara med den saken.

Kanske en kopp kaffe?

Innan hon slutat röka var kaffet en nödvändighet vid varje måltids slut. Nu kändes det mer ansträngt.

Gunilla förstod fortfarande inte hur hon lyckats sluta efter åtta år som rökare. Det hade bara blivit så. Efter att några kvällar i följd ha svurit över paket som tog slut när alla affärer hunnit stänga, fick hon plötsligt nog och glömde i ilskan bort att vara röksugen. Nästa dag blev det inte av att köpa något nytt paket. Nu hade ett drygt halvår gått sedan dess och på den vägen var det.

Hon kunde förstå hur alla inbitna rökare bland vännerna avundades henne och inte alls ville hålla med när hon beklagade sin dåliga karaktär. Kanske var hon så olyckligt konstruerad att hon hade karaktär när det gällde småsaker och inte alls i verkligt väsentliga ting? Så kändes det onekligen. Fast visst var det skönt att äntligen vara väck det där med rökningen.

Med Leo var det praktiskt taget tvärtom – en ren odugling när det gällde de vardagliga trivialiteterna, som ju ändå måste fungera utan alltför stort trassel och gnissel. I stället hölls alla hans sinnen ständigt fångna av världsfrånvända perspektiv. Leo var skolexemplet på en människa som inte hade fötterna på jorden.

När de bodde ihop hade Gunilla ständigt känt sig som en helgjuten morsa. Nappflaska åt pojken utan minsta kontakt med verkligheten, åt drömmaren som inte gick att väcka, bara att skydda hjälpligt under hans irrande sömngång.

Tunga stenar hade fallit från hennes bröst den dag han packade ihop alla sina saker – de fick plats i en resväska och några ICA-kassar – och flyttade. Ändå sörjde hon det ögonblicket, sörjde det både då och i viss mån, innerst inne, fortfarande. De hade misslyckats och tvingats klippa av vad det nu var som knutit dem samman.

En kort tid hade allt mellan dem varit bara frid och fröjd. De första två eller tre veckorna. Den tidens lycka var fortfarande så levande för Gunilla att den kunde överskugga alla de bittrare minnena. En halv månads paradis som de – eller i alla fall hon – förgäves kämpat i två år för att återfinna.

Nej, så enkelt var det inte. Naturligtvis hade deras relation med tiden både fördjupats och berikats, som det så vackert heter, genom alla konflikter och ångestfyllda timmar, genom bedrövelser och högljudda uppgörelser. Ändå hade de aldrig lärt känna varandra helt och fullt, inte så djupt och nära att hennes själ definitivt planterats i ett fack i Leos allra heligaste inre och vice versa.

Gunilla trodde inte längre att det var möjligt, inte mellan några människor, att komma så nära varandra. Före Leo hade hon varit övertygad om att det skulle gå, att det måste bli så mellan två människor som svetsades samman i kärlek. Verklig kärlek, som man säger.

Jo hej du! Den lättaste suck slapp ur henne och Gunilla stödde hakan i handen.

Ibland önskade hon att människan verkligen vore blott en maskin, som kunde programmeras om en aning här och där vid behov. Modifieras så att smärta inte längre fanns och alla känslor var ljuva. Det vore kanske inte så illa?

Alla band hade dock inte klippts av, det vore säkert också omöjligt. Bara Leos namn for förbi allra som hastigast i någon konversation, stack det till i bröstet och tusen bilder seglade upp innanför hennes panna. Han hade sin plats i Gunillas minne säkrad och skulle väl aldrig låta sig skäras bort.

Fast de försökte umgås så lite och oskyldigt som möjligt, skulle även en blind ana laddningarna mellan dem så snart de var på mindre än en busslängds avstånd från varandra.

Månsson, han som målade tavlor och inte betedde sig likt någon annan, hade sagt att bara en ny kärlek kan sudda ut minnet av en gammal. Det var nog så sant det kunde bli.

Så var fanns den nya kärleken?

Gunilla misstänkte att hon själv spjärnade emot och visade kalla handen inför varje ny chans. Hon måste medge att det hunnit bli åtskilliga chanser sedan Leo flyttat ut. Tydligen ville hon hellre bli kvar i det smärtsamma minnet än fångas av nya plågor. Hon hade bränt sig på kokplattan och ville hädanefter leva enbart på kallskuret.

Nå, det skulle väl gå över. Dök det bara upp någon riktigt attraktiv figur skulle hon säkert villigt gå i fällan. En ny drömprins, som förhoppningsvis skulle vara prins även när hon vaknade.

Vad hade hon alls sett hos Leo? De var olika som hund och katt. Leo var sannerligen aldrig den som lade ut någon gentlemannarock över vattenpölar i hennes väg och charm hade han inte mer av än ett kylskåp.

Ändå fanns det något i Leo som lockade henne.

En sensuell utstrålning, en glöd hetare än kokplattors och ändå frestande, långt därinne. Leo var en verkligt levande människa, till skillnad från alla liknöjda sengångare man såg omkring sig. Han ville något, längtade och kämpade. Världens alla taggar rev honom blodig.

Leo tog livet på allvar. Antingen skulle det föra ho-

nom till makalösa höjder eller knäcka honom, likt små-
fåglar som förirrat sig inomhus slår sig sönder och sam-
man när de flyger in i fönsterrutor. Men han tog risken.
Leo måste passera alla gränser och pressa livet till det
yttersta, oavsett hur mycket det därmed kunde förkortas.

Det var vad hon fastnat för. Därför fortsatte han att
spöka i hennes drömmar, obegriplig och sluten, gåtfull
som om han vore från yttre rymden. Nu ville han inte ens
öppna dörren för henne.

Gunilla hade flera livliga minnen av hans underliga
egenheter, från tiden när de bodde ihop. Leos mållösa
utflykter nattetid. De långa stunderna han stängde in sig
i köket eller badrummet. Alla de gånger då en slöja föll
över blicken och han var borta för världen i många tim-
mar, omöjlig att prata med. Morgnar när han som en fe-
bersjuk yrade obegripliga ord ur djupaste dvala, omöjlig
att väcka.

Många sidor av hans säregna själ hade blottats
under de två åren, ofta överrumplande och skrämmande.

Ett av de kusligaste ögonblicken från den tiden var
när Gunilla vaknat upp mitt i natten, kallsvettig som av
en mardröm. Hon fann sig vara ensam i dubbelsängen,
som så många gånger både förr och senare.

Ljus sipprade ut genom den glipande dörren till
badrummet. Inga ljud hördes utöver knäppandet och
surrandet från kylskåpet i köket. Gunilla drog undan
täcket och tassade försiktigt fram till badrumsdörren.
Blek som ett lik och full av onda aningar kikade hon in
genom springan.

Där stod Leo spritt språngandes naken framför bad-rumsspegeln. Han höll i ett läppstift, ett av de mörkare, som Gunilla sällan använde. Med det hade han kladdat över så gott som hela kroppen. Efter en stund gick det upp för henne vad det var han gjort.

Leo hade delat upp sin kropp med djupröda, streck-ade läppstiftslinjer i en mängd bitar – ungefär på samma sätt som styckningsplanscher över kossor. Han hade lekt slaktdjur med sig själv! Gunilla mådde illa.

Det hade gjorts med humor, fast hon hade svårt för att uppskatta det roliga. Båda skinkorna var inringade med streckade, djupröda linjer. På samma sätt hade han markerat ut sin midja och halsen, som ärr efter en grotesk operation. Också runt knäleder, vrister, armbågar och handleder hade Leo streckat med läppstiftet.

Gunilla förstod att han var uppslukad av någon introvert ritual, men hon var inte alls säker på att hon ville veta vad den gick ut på.

Hon vågade försiktigt glänta lite på dörren för att komma åt att se i spegeln vad han gjort med sin framsida.

I pannan hade han gjort en fylld cirkel, stor som en femkrona med ett mönster av krackeleringar runtom – som kulhål brukar se ut i tecknade serier. Bröstet var täckt av ungefärligt inringade lungpartier. På vänster sida hade han också ritat ett enkelt hjärta, som på spel-kort. På den streckade midjelinjen hade han tecknat en enkel sax, som på tidningskuponger.

Gunilla stirrade med tänderna hårt pressade mot underläppen. Då fick Leo syn på hennes spegelbild och svängde hastigt runt.

Han hade ett kraftigt stånd, pekande snett uppåt,

som han också markerat strax framför dess fäste med den djupröda streckmarkeringen. Gunilla rös. Leo tittade avvaktande på henne med minimalt särade läppar och orörlig kropp.

Egentligen var det hela naturligtvis ett skämt, om än smaklöst – en liten lek han ägnat sig åt i nattens ensamhet, inte mer. Hon begrep inte varför det gjorde henne så förfärad, men det var den allra otäckaste syn Gunilla någonsin drabbats av, för alltid fastbränd på näthinnorna. Den nakna, veka kroppen, styckad av blodrött läppstift.

Det fanns saker man inte borde skämta om, alltför heliga, alltför sköra.

Efter några sekunder av stel tystnad for Leo fram och omfamnade henne med våldsam kraft, slet i det stora flanellnattlinnet och knuffade henne med sig ner på golvet. Om det fallit Gunilla in att göra motstånd hade han säkert våldtagit henne. Nu gick det i stället hastigt förbi. Leo stönade. Det kladdiga läppstiftet smetade av sig på henne.

Genast efter en snabb utlösning mjuknade Leos kropp. Luften gick ur honom. Så snart han rullat av henne somnade Leo på badrumsgolvet.

Varför var det för alla män så nära mellan erotik och våld?

Kanske var det just därför detta minne plågade Gunilla allra mest – den frustrerade blandningen av njutning och smärta. Som om kärlek måste bestå av lika delar åtrå och avsky. Hon ville inte tro att det kunde vara så, detta djuriska.

Nog hade Leos bisarra akt i badrummet, det symboliska styckandet av hans nakna kropp med läppstiftet, varit ett slags onani. Men vilket vidrigt sätt att älska sig själv!

Han hade haft en del andra ritualer för sig, alldeles uppslukad och omöjlig att få kontakt med. Vissa var långt mer hotfulla än den i badrummet, men ändå inte lika skrämmande.

Gunilla kom ihåg hur hon kommit hem en eftermiddag, när solen strålade in genom fönstren och fåglar kvittrade. Matkassar vägde tungt i båda händerna. Leo satt vid köksbordet och ristade försiktigt sina handleder med brödkniven.

Han gjorde det med så lätt hand att det inte lämnade några märken, men ändå med en slags besatthet, som om eggens kontakt med huden gav samma kittlande tjusning som könets dans i en kärleksakt. Han var tankfull, inte synbart sorgsen, och märkte inte hennes närvaro förrän Gunilla bullrande ställde ner kassarna framför hans händer på köksbordet.

Då tittade Leo upp, hälsade reflexmässigt och lade kniven ifrån sig, som om ingenting alls hänt.

Njutning och smärta. Åtrå och avsky.

Det hade förvisso funnits många stunder när hon skattat sig lycklig över att de hittat till varandra. Leo kunde vara som en ängel med sitt blonda hår, sina vita kläder och den klara blicken som ställt sitt fokus så långt i fjärran att ögonen tycktes blinda. Hans långa, smala fingrar gav ett falskt intryck av att vara bräckligare än spaghetti.

Han kunde lägga huvudet på sned, stryka handen genom håret, lyfta ögonbrynen så pannan skrynklades och se ut att omöjligen föreställa sig livet som något annat än ett evigt kalas, eller en boll man en gång råkat snubbla över och sedan har väldigt roligt med tills man tröttnar och slänger den ifrån sig.

Så tog han livet, som det verkade, när de inledde sin kärlekssaga. Men lyckan blev alltmer perforerad, så småningom. Ängeln hade sina skönhetsfläckar och de förökade sig, likt cancer. Leo blev svårare och svårare.

Var skulle det sluta?

5

Brännande vit skiva. Det var allt han såg, utan att veta om ögonlocken var öppna eller slutna. Det spelade nog ingen roll vilket. Den intensivt vita cirkeln kändes mer som om den satt mitt på pannan. Där kliade det enormt men kändes inte alls obehagligt.

Det kliade och surrade mellan huden och skallbenet. Förnimmelsen var så stark att han kunde svära på att något verkligen fanns där. Kanske en tunn skiva magnesium av ungefär en femkronas storlek, som kirurgiskt placerats mot kraniet innanför huden och fattat eld. Ändå kliade det bara – sved inte alls.

Men det skulle kunna bero på att nerverna hade förlamats eller bränts sönder. Smärta är så relativ. Att få en tagg i fingret kan göra långt mer ont än en tegelsten i skallen, det visste han av egen erfarenhet. Huvudet är kroppens högkvarter, där stämmer inte alltid förnimmelsen med verkligheten. Kortslutningar med de märkligaste följder är fullt möjliga, ja, vanliga.

Kanske något faktiskt brann på pannan, medan han bara stod där och tänkte efter!

Utan att begripa hur det skett blev han varse att högerhandens fingertoppar prövande vilade på pannan. Han såg fortfarande inget annat än den bländvita skivan, men så gott fingrarna kunde förnimma härjade ingen eld på pannan. Den var sval och torr och högst normal.

Surrandet fanns innanför pannan och påverkades inte av fingertopparnas beröring. Han gissade att det skedde inuti hjärnan, kanske i den del av hjärnbarken som vette mot pannbenet, och försökte minnas vilka funktioner den styrde. Han hade sett en plansch över det någon gång i skolan. Var det inte talet?

I alla fall inte synen, vilket vore rimligast. Den var paralyserad. Han kunde inte avgöra om ögonen var öppna eller ej, men hindrade fingrarna från att känna efter. I stället försökte han gymnastisera muskulaturen där omkring – ögonbryn, kinder och panna.

Han torde se bra tokig ut där han stod och övade ansiktet i osammanhängande grimaser, om det alls syntes. Han var inte säker. Det kändes som om musklerna lydde och arbetade, men kanske var det bara i hjärnan igen, som surrandet.

Det slog honom att han inte alls visste var han befann sig. Han stod raklång med armarna utmed sidorna och huvudet en aning bakåtlutat, så mycket gick att avgöra. Men var?

Vad hade egentligen hänt? Vad var fatt med honom? Han borde bli rädd, men på något vis kändes allt så angenämt och fridfullt. Han hade ingenting emot att stå stilla och vänta tills saker och ting fick sin förklaring – hur länge det än skulle dröja. Han var bländad, men synen skulle säkert komma tillbaka. Förr eller senare.

Det kunde ju vara så enkelt som att han sov. Men kunde man sova stående, eller bedrog honom hjärnan även där? Drömmar är förrädiska. När man är vaken vet man alltid bestämt att så är fallet, men i drömmen kan man gott tro sig veta med samma övertygelse. Vad hjälp var det? Det starka ljuset, surrandet i pannan – visst skulle det kunna vara en dröm fast han kände sig vaken. Någorlunda vaken.

Kanske låg han i dvala på en sjukhussal eller i narkos på operationsbordet – i så fall var han säkert bländad av den stora operationslampan i taket. Då skulle ljuset få sin förklaring.

Eller var han död, fanns inte längre? Ljusskivan skulle kunna vara den stora sanningen, kanske Gud själv. Det var också möjligt, tyckte han. Men i så fall, om han var död, då skulle det väl aldrig gå över?

Nej, något måste hända. Han kunde inte sitta evigt fast i detta ingenting. Även om detta var döden måste något hända. Hur skulle han annars kunna vänta på det?

Egentligen var det hela rätt lustigt. Fången i ett obegripligt vakuum men inte alls plågad. Han fick faktiskt lust att sjunga. En melodi dök upp i hjärnan, öronen var övertygade om att höra den, struphuvudet rörde sig upp och ner, men det var tveksamt om något ljud kom.

Sången kändes välbekant, som en gammal vän.

... and she's buying a stairway to heaven ...

Nu började synen klarna. Den vita skivan var fortfarande ettrigt skarp, men dess omgivning fick långsamt substans. Den mörknade, som när bilden växer fram på fotopapper i ett mörkrum. Men det blev ingen bild, det bara mörknade runtom ljusskivan tills det var alldeles svart. Ändå uppfattade han det som en signal om att synen var på väg tillbaka. Snart skulle han se igen.

Till sin egen förvåning blev han sorgsen. Det roliga var slut, verkligheten återvände.

Snart skulle han veta var han befann sig och hoppades innerligt att det inte skulle visa sig vara i en sjukhussäng, med påföljande skräckfylld undran över vad läkarna gjort med sina skalpeller och tänger. Oron gjorde honom otålig.

Han skärpte blicken, utan att ha en aning om hur han bar sig åt. Det fungerade. Nu började han ana konturer i mörkret, ljuspunkter utanför den vita skivan, skuggor och former. Men det var fortfarande mörkt, ett verkligt mörker. Det var natt.

Skivans lyster falnade och den började sakta krympa. Den var inte verklig och trängdes därför undan av det som faktiskt fanns framför honom. Han stod alldeles stilla och visste nu att ögonen var öppna med blicken fästad rakt framåt.

Natthimmel – molnfri och stjärnskimrande, tung och definitiv – välvde sig över nästan hela blickfältet. Han stod på en höjd, mindre än ett stenkast från dess branta sluttning. Långt bort i nattlandskapet skymtade horisontens kolsvarta silhuett. Där var mest skog, men sträckan dit var fylld av byggnader med ljus i fönstren, gatlyktor och vägar som bilar for på. En upplyst ishockeyrink syntes långt borta till vänster.

Då kände han igen sig. Inte många klarnande tankar hann fara genom huvudet innan han abrupt vände sig om.

Knappt två meter från nästippen tornade en väl-bekant höghusfasad upp sig. Han stod mitt för ingången till Oxens gata 263.

Han kastade en blick rakt upp till sjunde våningen, där ett fönster var vidöppet och mörklagt, till skillnad från alla andra. Hans eget fönster.

Leo begrep ingenting.

6

Hur hade han hamnat där på marken framför porten till sitt hus, utan att minnas vare sig nedfärden eller någonting annat? Och vad var det för en ljusskiva som ännu brände på näthinnorna?

Leo blev medveten om den knaggliga asfalten under fötterna. Kallt. Han tittade ner. Inga skor på fötterna, ingen jacka till skydd mot den barska väderleken. Blicken for åter till det vidöppna fönstret sju trappor upp.

Minnet återvände. Där hade han suttit, stirrande mot solnedgången som så många gånger förr. Den sista solnedgången. Han mindes sin allvarliga övertygelse, kom ihåg allt nu. Musiken som spelat och den svaga vind som cirklat runt honom.

Han hade fallit! Och överlevt utan minsta skada, alla sju våningarna ner till den svarta asfalten.

Omöjligt! Leo kände blodet lämna ansiktet och bröstet göra halt mitt i ett andetag. All skräck kom nu, i efterhand. Den grep tag i och ruskade om honom under några kaotiska sekunder innan han lyckades befalla sig till lugn.

Det var över. Miraklet. På något oerhört vis hade han klarat fallet.

Leo blundade och skärpte sin hjärna. Hur hade det gått till? Vilken var den naturliga förklaringen?

Han hade suttit där i fönstret och stirrat mot solen, frivillig fånge i den sorts trans som djupnat under de gångna månaderna. Stereon hade spelat på hög volym. Solen hade gått ner, den sista strålen klipptes av – en syn som han förmodligen aldrig skulle glömma.

Då hade han glidit på fönsterblecket och fallit tjugo meter rakt ner till marken. Utan att märka det, utan att låta blicken eller minsta fragment av sinnet släppa solen för en mikrosekund. Leo hade varit berusad av hänförelse och likgiltig för höjden och fallet.

Och han hade inte fallit som föremål alltid gör, som kometer eller flygplan med motorstopp, som Newtons äpple och som bilar nedför stup i en TV-deckare. Så hade inte Leo fallit. Nej, han hade seglat långsamt nedåt likt en såpbubbla, eller en luftballong när brännaren slocknat. Som man faller i vatten – mjukt och lugnt och långsammare ju närmare man kommer botten. Så hade han fallit. Svävat.

Underbart hade det varit! Sagolikt. Utan en tanke på naturlagarna hade Leo svävat makligt mot marken och landat med större behag än svanar landar på vattenytan.

Det var fullständigt omöjligt! Även om den stilla vinden varit tio gånger starkare och riktad rakt uppåt, skulle hans fall inte ha kunnat bli så mjukt.

Han hade varit nästan lika lätt som luften själv. Omöjligt.

Huvudet virvlade av frågor och ljuva minnesglimtar från den korta färden, som han först nu gradvis kunde kalla fram i medvetandet. När det skett hade han sannerligen varit någon annanstans.

Med allt detta farande i hagelsvärmar genom sitt

inre, sträckte Leo ut stegen och promenerade in mellan husen i bostadsområdet. Han var blind för andra flanörer och likgiltig för markens kyla, trots att han gick i bara strumplästen.

Fötterna tryckte också sällsynt lätt mot asfalten. Sand och smuts fäste inte på de vita frottéstrumporna. Han höll halsen sträckt, pannan pekade nästan rakt mot himlen och armarna hängde slappt vid sidorna. Munnen gapade.

Som liten pojke hade Leo drömt om att kunna flyga. Många nätter hade det lyckats honom, i drömmar som var så intensiva upplevelser att han mindes dem med all tydlighet när han vaknade på morgnarna.

I drömmarna flög han dock på ett helt annat sätt. Han hade simmat genom luften, med kraftiga armtag och bensparkar, precis som i vatten.

Dessa drömmar hade upprepats ett antal gånger under några år – han var väl i tioårsåldern och lite till. De var sköna, naturligtvis, men inte utan ångest.

Det var alltid natt i dem, med enstaka bleka gatlyktor längs öde promenadvägar i ett område som skulle kunna vara Brandbergen men lika gärna någon annanstans, det var inte så tydligt. Och det var alltid ett slags mellanväder, varken sommarvärme eller vintersnö. Kanske sen höst eller tidig vår. Inget regn men heller ingen stjärnklar himmel med stor och ståtlig måne. Nej, ett slags alldagligt, intetsägande väder, när man inte kunde företa sig mycket annat, tycktes det, än att flyga.

Ett alldeles speciellt knep måste till för att simma i

luften, vilket inte alltid lyckades – åtminstone inte med en gång. Först måste han bli varse luften, dess tjockhet och tröghet, andas djupt, slappna av och känna tillit. Tillit var det viktigaste. Sedan, i avgörandets ögonblick, kom avstampet – att ta det första skuttet från marken och sträcka ut kroppen vågrätt.

Tillit. Han måste vara övertygad om att det fungerade, annars skulle han falla pladask till marken.

Något så snöpligt misslyckande kunde Leo inte minnas sig ha gjort i drömmen. Däremot gick det alltid mycket trögt att lyfta högre upp, när han väl fann sig svävande strax ovanför marken. Ofta stod han länge och hoppade med yttersta tåspetsarna snuddande mot marken och armarna sprattlande i alltför ivriga simtag. Kände han sig tung eller klumpig, kände han den minsta osäkerhet – då kom han aldrig längre än till detta famlande mitt emellan jord och himmel.

Men kunde han slappna av och sträcka ut både armar och ben i trygg tillförsikt – då steg han, segt men stadigt, högre upp för varje simtag.

Leo simmade genom luften, kände vinddraget förbi kroppen och tyngdlagens minskande makt. Gick det riktigt bra kunde han glidflyga långa sträckor och nå högre än hustaken. Men mestadels höll han sig på gatlyktors höjd.

Då dök i regel skumma figurer upp och jagade honom, som det brukar gå i drömmar. De hoppade och högg med armarna och Leo fick kämpa med ynkliga centimetrars marginal till räddningen. De var alltid förfärande nära – hotfulla, gråklädda män utan ansiktsdrag – men fick aldrig fatt i honom. Goda nätter kunde han till och med retas med dem, sväva tätt förbi deras händer och ropa hånfulla ord.

Men mest tjusade dessa drömmar med den underbara upplevelsen av att flyga, att kunna lyfta från gatan och röra sig helt fritt när väl den första trögheten besegrats. Lyckoruset brukade hänga kvar en god stund efter uppvaknandet, genom frukosten och ända tills han slog sig ner i skolbänken.

Fast han bara drömt var det som om det ändå på sätt och vis måste vara sant. Det var Leo på den tiden övertygad om. På något sätt var det möjligt att flyga. Drömmen var ett bevis på det.

Nu hade det hänt i vaken verklighet! Ändå annorlunda. Han hade inte sprattlat med armar och ben, inte ansträngt sig det minsta, snarare tvärtom. Leo kände sig mer och mer säker på hur det gått till.

Just för att han inte alls tänkt på det hade han svävat till marken i stället för att dimpa ner och krossas mot asfalten som ett ägg. All den lätthet han känt med bara solen, himlen och Led Zeppelins musik i sinnet, gjorde kroppen i det närmaste viktlös. Dess sextiofem kilo hade blivit en såpbubbla, lika tom som hjärnan varit. Däri låg knepet, så måste det vara. I all sin orimlighet verkade det ändå logiskt.

Leo kom att tänka på något han hört av Månsson – en före detta klasskamrat som målade tavlor, drack billigt tyskt vitvin med isbitar och struntade i det mesta. Vissa nätter satt han i mitten av sitt stökiga vardagsrum med alla målardukar, burkar och tuber i en röra omkring sig och talade allvarsamt och länge om filosofiska ting med den som var hågad. Ibland var det Leo, när inte den långa monologen fick honom att somna i soffan.

Månsson hade en ovanlig syn på tillvaron – inte alltid så begriplig. En sak upprepade han så ofta att Leo kunde den utantill.

"Det är en sorts formel som jag rättar mitt liv efter och varmt vill rekommendera alla människor", brukade han förklara. "Kanske blir inte världen därmed så mycket bättre, det är jag den förste att erkänna, men å andra sidan finns väl ingen större risk för det motsatta."

Formeln löd:

Verkligheten är vad vi upplever,
så allt vi upplever är verklighet.

Leo tänkte att han själv på sätt och vis lett formeln i bevis. Han hade inte upplevt sin tyngd, sitt fall, och därför inte drabbats som han enligt alla naturens lagar borde.

Men vad hade han då upplevt?

Lätthet, tomhet, det stora som hägrade högt, högt uppe och långt borta. Han hade varit mer kosmisk än jordisk i det ögonblick han gled av fönsterblecket. Därför hade jorden bara sakta, tveksamt, förmått dra honom till sig. Lätt som luft. Det hade inte alls varit som att simma. Snarare ett slags meditation, något som skedde enbart i sinnet.

Meditation. Leo kom att tänka på bilder han sett i tidningarna för några år sedan. Folk som genom meditation lärt sig flyga, hävdade de själva. Levitation hette det, att sväva med tankens kraft. Rent löjliga bilder där några gubbar befann sig mitt i luften med håret på ända och sina händer på slipsarna, som annars skulle levitera även de. Senare erkände de visst att de studsat på trampolin i, som det hette, övningssyfte.

Leo hade irriterat sig på deras anspråk. De hävdade bestämt att de verkligen kunde lyfta med hjälp av sin meditation, hur lite de än förmådde bevisa det. Kurser hölls visst i Schweiz, där de som var hågade kunde få lära sig konsten – mot en viss ersättning.

Tillsammans med sina vänner hade Leo skrattat rått åt det hela och de tävlade om att finna de fyndigaste skämtsamheterna om hur de där levitationerna egentligen gick till.

Ändå hade tanken funnits redan då. Det borde kanske gå på något vis. Varför inte? Gjorde inte munkar och lamor i Tibet det, i all anspråkslöshet i undanskymda tempel bland bergen – utan att betrakta det som vare sig märkvärdigt eller ett dugg väsentligt?

Han trodde inte ett ögonblick att kurserna i Schweiz lättade på något annat än folks plånböcker, men lik förbannat borde det vara möjligt. Kunna lyfta och sväva med bara viljans kraft, som änglar och demoner, som superhjältarna i serietidningar. Leo ville inte tro att det var absolut uteslutet. Man ska aldrig säga aldrig.

Och se, nu hade han verkligen gjort det själv! Det öppna fönstret och hans egen oskadda kropp i strumplästen på gården var oantastliga bevis.

Det måste gå att göra om, måste gå att lära sig!

Leo kände sig fortfarande märkvärdigt lätt till sinnes, men inte alls i samma grad som då han föll från fönstret. Där nyss bara det speciella ruset funnits trängdes nu tankar, minnen och glödande ambition. Kunde han återfå den där speciella känslan? Kunde han bli såpbubbla?

Leo stannade upp på sin planlösa promenad kors och tvärs genom den lilla lekparken mellan höghusen. Stående i en sandlåda samlade han sig några sekunder, spände vristerna och tog ett skutt några decimeter rakt upp i luften. Han landade tyst men ganska hårt i sanden och kände ett sting av besvikelse. Så lätt var det naturligtvis inte.

Han hoppade igen, med mer kraft, och en gång till. Samma sak varje gång, snabbt ner på marken med en duns som kändes genom hälar, knän och rygg, ända upp till den översta halskotan. Det gjorde inte ont, så låga som skutten ändå var, men missnöjet sved så det räckte.

Ändå fick Leo bestämt för sig att han landade aningen långsammare än tyngdlagen fordrade. Skutten var inte riktigt som de skulle, vändningen i luften drog ut på tiden, om än bara bråkdelar av sekunder, och fötterna tog mark i onaturlig otakt mot avstampet. Han var inte säker, därtill var skillnaden för liten, men tyckte verkligen att det kändes så.

Leo försökte koncentrera sig på att inte tänka – ingen lätt uppgift – bara lyckligt längta efter fri luft omkring sig, sträcka sinnet högt, högt, högt. Och hoppade.

Blev inte luftfärden både högre och långvarigare? Igen och igen. Fortfarande svårt att säga säkert. En aning, möjligen. Det var ett slit. Svett bröt fram i pannan och han andades snabbare.

Knepet var, förstod Leo, att inte kämpa för att lyckas, utan ta för givet att det gick – precis som i drömmarnas simmande genom luften. Så fort han tvekade kom tyngden, minsta tvivel gjorde såpbubblan till en sten. Han fick inte ens hoppas, inte alls bry sig, bara känna sig tom och fri. Tillitsfull. Väcka samma rus som solnedgången givit.

Fortfarande fanns ett svagt spår på näthinnorna efter den bländande solskivan, kittlande och uppfordrande. Han skulle aldrig glömma synen, inte heller känslan den försatt honom i – men skulle han kunna framkalla den med sin vilja?

Det gick inte an att stå där och skutta på stället som en kedjad känguru. De korta luftfärderna räckte inte till för att hinna koncentrera sig och känna efter. Han måste högre upp.

Bäst vore väl att hoppa ut från fönstret igen, men skulle han lyckas vara lika tom? Skulle han kunna låta bli att tänka på faran, bli besatt av den? Knappast. Det vore närmast en form av utpressning mot sinnena – lyckas med en gång eller adjö!

Nej, övning förutsatte möjligheten att göra om. Han ville nästan ge sig en örfil för att hastigt ha varit tilltalad av tanken att ta en sådan risk.

Leo rynkade pannan. Det måste finnas något sätt att falla högt utan att behöva hämmas av riskerna, något sätt att öva i trygghet. Fallskärm vore väl en lösning, men så omständlig. Dessutom kostade det en massa pengar.

Han fick syn på en klätterställning av trästockar,

ungefär två meter hög. Leo klev upp i den och hoppade. För kort fall även det, och dunsen när han tog i marken var störande obehaglig. Han måste ha mjukt underlag, som skumgummi eller vatten.

Vatten! Naturligtvis.

Om han hoppade i vatten skulle varken fara eller obehag störa honom. Det borde fungera. Och det stämde så väl med drömmarna, med det mjuka och långsamma, med viktlösheten, med allt. Vattnet skulle hjälpa honom till luften!

Leo jublade inombords och knöt sina händer. Det var sant, det var verklighet och han skulle lära sig. Det fick ta sin tid, en livstid om det måste, men han skulle lära sig flyga!

Leo skyndade hemåt med sådan iver att han inte märkte hur oändligt lätt fötterna vidrörde marken, hur självklart han gled fram trots att benmusklerna knappt alls behövde arbeta.

7

På golvet precis i mitten av sitt vardagsrum satt Marianne hopkrupen med armarna tätt virade runt kroppen. Ögonen var kulor av ogenomskinligt glas, kinderna bleka och käkarna hårt sammanpressade. Hon vaggade en aning. Axlarna strävade mot öronen.

Ingen lampa var tänd, bara det vagaste skimmer från nattligt himlaljus och avlägsna gatlyktor silade in genom fönsterrutorna – alltför bräckligt för att skapa skuggor eller lyfta fram färger ur gråtonerna.

Marianne kunde inte tänka sig att tända, fastän taklampans kontakt fanns inom några stegs räckhåll. Hon ville inte ha ljus, som säkerligen skulle svida likt syra i pupillerna, men inte heller titta rakt in i det askgrå mörkret.

Så hon blundade.

Under förlamningen på vardagsrumsgolvet hade Marianne gradvis insett allt vad ynglingen i fönstret mitt emot verkligen betytt för henne, trots att de aldrig träffats. De hade blivit syskonsjälar, två personer som hörde lika lite hemma i denna ovänliga värld.

Därför var det inte en främling som fallit från sjunde våningen på huset bredvid, utan ett stycke av Mariannes eget hjärta. Kvar satt hon med ett sår alltför stort för att någonsin läkas.

Fastän de aldrig så mycket som rört vid varandra hade den underlige ynglingen kommit att förkroppsliga tron på att en tillvaro i glädje och kärlek var möjlig. Han var en symbol för det lilla goda världen kunde erbjuda, mitt ibland alla bedrövelser.

Sedan brytningen med Patriks far kommit, praktiskt taget direkt efter förlossningen, var det inte lätt att bevara förhoppningen om ett drägligt liv. De senaste åren hade tyngt Marianne med tristess och envisa plikter – inte många ljusglimtar. En skugga av resignation växte och hotade att så småningom lägga hela hennes tillvaro i mörker.

Då hade den dumdristige unge mannen i grannhuset kommit med en utmaning, ett uttryck för tillit till livet självt. Strålande av okuvlig livsglädje satt han där helt stilla och bevittnade solljusets dagliga kvävning. Allt är vackert, tycktes hans gestalt deklarera. Allt är lycka för den som kan förnimma.

På så vis hade han bildat kropp för Mariannes sista gnutta hopp. Det branta stupet från sjunde våningen ner till marken, hotet om katastrof som lurade alldeles inpå honom – det var den onda världens rovdjursgap, ivrigt att sluka all glädje och därmed göra tristessen total.

Sådana tankar hade hon under de gångna månaderna vuxit fast i. När han så slutligen föll drog han med sig Mariannes sista pust av livslust. Hon kunde inte tro att det fanns något sätt att återfå den.

Den gamla väggklockan började slå, dovt och ändå genomträngande, där den hängde på väggen mot sovrummet. Sex gånger. Hade hon verkligen suttit stilla så länge, i nästan två timmar? Marianne lyckades rycka sig loss ur sin trans och kasta en blick på urtavlan.

Jo, den var verkligen sex. De snirklade visarna av mörk metall stod i en kompassnåls räta linje från syd till nord.

Hon måste hämta Patrik från daghemmet.

Varför hade hon inte hört någon ambulans? Inga förfärade rop, ingenting av det tumult som borde bli följden av den unge mannens fall mot asfalten. Visserligen var hennes fönster stängda och avståndet till marken nästan lika stort som från den unge mannens utkiksplats, men något borde hon ändå ha hört. Tänk om ingen ännu upptäckt honom?

Själv hade Marianne inte kunnat förmå sig till att ringa 90 000. Vad skulle det förresten tjäna till? På tok för sent. Lika hjälplös som hon varit de många skymningarna innan, lika håglös var hon när katastrofen slutligen skett.

Kanske hade ingen annan lagt märke till vad som hänt. Låg han kvar där på marken – en förvriden, krossad kropp, badande i sitt eget blod? Kall som kolsyresnö reste sig Marianne från golvet och tvingade sina skälvande ben att leda henne fram till fönstret.

Den unge mannens fönster var fortfarande vidöppet, högst upp i grannhuset. Gardinerna fladdrade i tilltagande blåst och ingen lampa var tänd. Hon fick kämpa krampaktigt för att sänka blicken till marken nedanför, höll andan och knöt händerna vitnande hårt om fönsterbrädet.

Det måste göras, hon måste veta innan hon förmådde ta sig ut för att hämta Patrik.

Nattmörker rådde, men det bleka ljuset från gatlyktor och upplysta fönster räckte. Asfaltsplanen framför grannhuset var alldeles tom.

Luft slapp ur Marianne och axlarna sjönk tillbaka. Då hade de i alla fall hittat och tagit bort honom. Förmodligen var han så oåterkalleligen död att ambulansen inte brytt sig om några sirener. Allt hade skötts diskret.

Marianne var tacksam, fast det egentligen var ännu mer tragiskt. Inga spår efter den unge mannens fruktansvärda slut. Skulle det stå något i tidningarna nästa dag? Hon tvivlade. De kunde väl inte tro att det var annat än självmord – kanske var det på sätt och vis sant – och sådant skrev man visst inte om.

Hade de tvättat asfalten ren? Där måste annars finnas blod. Marianne lokaliserade den plats där han borde ha slagit i, precis framför farstuporten, och skärpte blicken. Inga fläckar syntes. Nästa dag skulle säkert inget enda spår synas. Fönstret där uppe skulle stängas, andra människor snart flytta in och inget förändras i vardagens stadiga lunk.

Utom för Marianne. Hon ryckte bort blicken, vände sig om och gick ut i hallen.

Döden var en så förbryllande besökare. Varje gång den slog till i hennes närhet frågade hon sig vad den kunde betyda, vad den hade att säga.

Och vem var sorgligast – den avlidna eller de som blev kvar? Den unge mannens slut blev hemskt men det var inte han som skulle bära det med sig i sitt minne, skarpt som taggtråd, varenda dag och natt från denna stund.

I hissen försökte Marianne med all kraft undvika att tänka på den långa lodräta sträcka hon förflyttades. Ändå ryckte hon till och tog stöd mot väggen när hissen stannade på bottenvåningen.

Det blåste ordentligt ute, som ofta om senhösten när kvällen kom. Kall luft. Snart skulle det snöa, hon kände det praktiskt taget på lukten. Ett slätt, vitt täcke som gjorde den långa natten ljusare. Hon såg fram mot det. Jul och levande ljus och glittrande skyltfönster i såväl butiker som alla små hem. Besvärjelser mot den mörka årstiden.

Marianne skyndade mellan husen – en annan väg än den som ledde förbi 263:ans port. Ordentligt andfådd nådde hon daghemmet, en samling barackliknande små hus omgivna av knähögt plankstaket. Med många ord bad Marianne om ursäkt för sin sena ankomst. Patrik var sist av barnen att lämna daghemmet. All personal hade gått utom en kvinna i trettiåren, som tittade barskt på henne och inte verkade särskilt blidkad.

"Patrik har verkligen suttit som på nålar", förklarade hon med en beskt saklig ton. "Det är inte så roligt för honom när alla kamrater har gått hem."

Patrik visade sig ändå vara på sitt vanliga humör, ivrig och påträngande och full av ord som snubblade över varandra, då han berättade om allt som hänt under dagen. Han fattade sin mors hand och drog iväg med henne längs promenadvägen, inte olik de hundar som gläfsande rycker i kopplet. Marianne lät sig dras med.

De hastiga stegen och Patriks bestämda grepp om hennes hand fick dysterheten att gradvis lätta. Hon överraskades av att känna läpparna halka upp i ett leende. Det var först bräckligt, mungiporna föll tillbaka några gånger, men sedan vaknade muskulaturen och fick stadga. Hon tog några snabba steg och kom ifatt sin son, lyfte honom högt – han vägde ingenting – och tryckte hans kind mot sin.

"Tänk i alla fall att vi har varandra, Patrik", sa hon. "Bara du och jag betyder något i hela världen!"

När hon ställde ner honom igen tittade Patrik allvarsamt rakt upp på henne utan att säga något. Marianne fick för sig att de runda ögonen sökte sig innanför hennes panna, för att läsa de tankar som cirkulerade där. Med rodnande kinder grep hon fatt i Patriks hand på nytt och drog honom med sig i ännu snabbare marsch.

"Nu skyndar vi oss hem!"

Hon tänkte att de skulle ordna sig en riktigt trevlig kväll, bara hon och Patrik i stilla samvaro. Om inte grädden i kylskåpet surnat, kunde hon göra choklad med vispgrädde och sätta på våffeljärnet. Sedan skulle de slå sig ner framför TV-apparaten eller, om programmen var trista, lägga dominobrickor på sovrumsgolvet.

Patrik var duktig på det, stadig på handen fast han var så ung. Han hade mäkta roligt åt att se dem trilla omkull, den ena på den andra, när de radats upp metervis över sovrumsgolvet. En dag kanske de skulle försöka sig på att slå rekordet i Guinness rekordbok.

Marianne skulle låta sin son vara uppe tills han somnade, precis som på lördagskvällarna. Patrik älskade det. De brukade ha långa retsamma dispyter, när ögonlocken blev så tunga att han fick kasta med huvudet för att lyfta dem och ändå högljutt nekade till att vara det minsta sömnig. Hon kunde gäspa stort för att lura honom till detsamma och skämtsamt hota med att lägga ut Patrik i farstun om han somnade någon annanstans än i sin säng.

Då och då hände det att hon slumrade in först. Marianne nästan hoppades att det skulle ske i kväll, så att hon slapp vara ensam med sina tankar i natten. Annars kunde det bli svårt att somna.

Det fanns en god chans att kvällen skulle få sluta så pass skonsamt. I all sin älsklighet och glädjesprutande livslusta var Patrik mycket tröttande. Och nu visade han sig sannerligen tillräckligt uppspelt – ömsom jämte henne, ömsom steget före, trots att hon skyndade på.

Just som Marianne öppnade porten till farstun dök något ljust upp i ögonvrån. Redan innan blicken hann fara dit hade hon känt igen honom.

Den förolyckade! Den bleke unge mannen från fönstret i huset bredvid, han som hon sett falla!

Han vandrade mot sin port med den vita koftan fladdrande i vinden och håret i oreda. På fötterna fanns inget mer än strumpor och de såg inte ut att röra vid marken. Han verkade sväva fram.

Marianne stelnade och stirrade så att ögongloberna kunde spricka. Den vita skepnaden försvann in i 263:ans farstu och syntes inte mer. Porten slog igen och dess rutor skallrade. Sedan tystnad.

Det hade gått på några få sekunder.

"Mamma!" kom Patriks röst med klagande tonfall. "Min hand – det gör ont!"

Marianne tittade ner med tom blick och förstod först efter en stund vad som fick honom att kvida. Hon höll hans hand krampaktigt i sin och hade klämt åt med all sin kraft utan att själv lägga märke till det.

"Förlåt mig!" sa hon och släppte genast taget. "Det var inte meningen."

Patrik tittade på den ömma handen, som han höll upp framför sig, och sedan på sin mor. Marianne stirrade åter mot grannhusets port.

"Vad är det som händer?" mumlade hon. "Vad är det med mig?"

8

Torvalla sport- och simhall såg ut som en tändsticksask
– platt och slät med bara räta vinklar. Det enda utmärk-
ande var de röda ljusbokstäverna över ingången. Bredvid
simhallen låg gymnasieskolan, en byggnad i samma stil,
som dagtid fylldes av ett och ett halvt tusen elever, vilkas
skosulor gnagde på de långsträckta korridorgolven. Det
var inte länge sedan Leo hade hört dit. Han saknade inte
den tiden.

På simhallens andra sida låg parkeringsplatsen,
som trots sin vidsträckthet kunde vara fylld till brädden
vid större tävlingar. Denna kväll stod dock bilarna glest.

Bakom byggnaderna låg en höstvissnande park
med sporadiskt ansade gräsmattor och små klungor av
lövträd. Leo kände parken som sin egen ficka, efter att ha
spankulerat kors och tvärs över varje fläck på raster och
håltimmar under två år i gymnasiet. Han tyckte om grön-
skan även när den multnade i höstkyla, men nu styrde
ivern hans steg direkt genom glasdörrarna till simhallens
kassalucka.

Inne i omklädningsrummet, med täta rader av må-
lade plåtskåp att förvara kläderna i, slet Leo hastigt av
sig alla tjocka plagg som hörde till den kyliga årstiden.
Fuktig luft och blåst hade gjort honom frusen fastän pro-

menaden hemifrån varit både kort och i snabb takt.

Därför kunde han inte låta bli att dröja kvar en stund under duschens varma vatten, hur mycket hela själen än trånade efter att pröva sin nyfunna förmåga.

Vattnet strilade nedför kroppen och trängde gradvis undan huttrigheten. Leo gapade och frustade i flödet, slöt ögonen och sträckte armarna mot duschmunstycket. Det roade honom att reta sin otålighet genom att slösa bort onödigt många minuter där.

Med vattnet ångande och smattrande mot skallen gick Leo i tankarna gång på gång igenom det som hänt tidigare på kvällen. Han försökte kartlägga exakt hur allt förhållit sig såväl före som under och efter fallet. Vad han upplevt, hur sinnena varit inställda.

Fastän hjärtat bultade av optimism trodde inte Leo att det skulle bli någon lätt match. Om man verkligen kunde lära sig sväva på några minuter skulle väl varenda människa segla omkring ovanför hustaken i stället för att klampa tungt på trottoarer och gångvägar?

Det gällde att lägga upp en strategi och hålla sig bergfast till den, så lång tid som det kunde kräva. Inte ge upp, inte låta sig distraheras eller tappa tron, inte bli besviken om framgångarna dröjde. Det skulle kanske ta år, men det måste gå! Förr eller senare.

Leo lämnade duschen med stora kliv, nästan som i marsch, trädde på sig sina trånga svartvitmönstrade badbyxor och klev in i bassänghallen.

Där var fullt av folk, de flesta i skolåldern. Några vuxna motionssimmare höll sig på bassängens ena sida, avgränsad av ett rep med vitfärgade frigolitbollar, där de i sakta mak avverkade sina längder. En hög av stimmande barn härjade på andra sidan. Luften var fylld av deras ljud, ekande mellan betongväggarna och glasfonden.

Förutom alla som kastade sig själva och varandra från kanten, kravlade stora klasar av tjoande barn över två väldiga svarta badringar, förmodligen gamla innerslangar till traktordäck. Det var en vild lek. Ideligen välte badringarna så att de som lyckats ta sig upp och sitta grensle över dem rasade åt alla håll, med tjut och bubblande skratt och kaskader av vatten sköljande vitt omkring.

Leo såg sig omsorgsfullt om och konstaterade med lättnad att inga bekanta ansikten syntes till. Det var bäst att få göra det här ifred och slippa frågor. Däremot ringlade en inte obetydlig kö till trampolinen vid bassängens djupare sida.

Leo hade aldrig riktigt förstått den sorts folknöje som också kunde beskådas i slalombackar, där man betalade och köade och sakta transporterades upp, bara för att hastigt ta sig ner igen. Samma här. Dryga tiotalet upphetsade barn for i ett slags ekorrhjul från trampolinen ner i vattnet, några få simtag till kanten, sedan upp och tillbaka till trampolinen. Om och om igen.

Leo kunde lätt se att ingen av dem närde samma strävan som han själv. Men kanske var det en instinkt djupt i deras inre, som fick dem att göra dessa varv med sådan förtjusning, en instinkt om vad det skulle kunna leda till. Kanske var det trampolinhoppets korta luftfärd som lockade mer än plumsandet i klorfyllt vatten.

Hur som helst hade han föredragit att vara ensam i hela simhallen. För sin inre syn såg han en spegelblank vattenyta, hallen lagd i halvdunkel och en djupt koncentrerad Leo stående på trampolinens yttersta kant, redo för storverk. Här var dock mer trängsel än i 809:ans buss på morgnarna. Raderna av lysrör högt däruppe i taket spred så mycket ljus att skuggor helt saknades.

Nå, det fick duga. Sådana petitesser kunde inte hindra honom, så lätt som de vägde mot svårigheterna han hade att besegra.

Leo ställde sig sist i kön och ägnade väntan åt att samla sina sinnen, andas djupt och söka väcka den speciella kittling innanför pannan, som han tydligt mindes från den lyckliga stunden.

Han hade inte kommit särskilt långt i förberedelserna när det blev hans tur. Med den överdrivet stora ratten vid trampolinbrädets sida ställde Leo om fjädringen till ett läge som borde vara lämpligt för hans tyngd, klev fram till kanten och tog några prövande skutt. Han fick gå tillbaka och justera fjädringen ytterligare en aning. Nu kändes det bra.

Leo böjde knäna, sträckte vristerna och hoppade på stället. Högre och högre för varje skutt. Medveten om risken att landa fel på trampolinen tog han inte i alltför mycket. I stället försökte han koncentrera sig på den sakta spirande känslan av lätthet.

Det störde med allt skramlande från trampolinen och den sega vändningen i dess bottenläge. Leo försökte strunta i nedfärderna och hängde med tanken kvar i skuttens höjdpunkter, för att nå allt högre och bli kvar allt större bråkdelar av sekunder innan fallet vände nedåt.

"Sätt fart!" kom en irriterad röst bakom honom. "Ska du dyka någon gång? Vi är fler som vill."

Utan att bry sig om att svara eller se efter vem rösten tillhörde, lät Leo nästa hopp ta honom ut från trampolinens kant. Han var noga med att suga så mycket han orkade på den fria luftfärden innan han slog i vattnet.

Leo svor tyst över de andra människornas närvaro, då han svingade sig upp på bassängkanten med håret struket mot skallen och klorvattensmak i munnen. Kunde de inte fatta att hans experiment var mångfalt angelägnare än deras mållösa vattenlekar?

Naturligtvis inte. Leo fick ställa sig sist i kön.

Några var duktiga hoppare fast de inte verkade äldre än femton år. En av badvakterna var före detta simhoppare och brukade ha lite spontana lektioner med intresserade pojkar. Han var från Spanien, lite över trettio, med atletisk kropp och den rakaste rygg. När han hoppade var det inget lekfullt plaskande – det var ren dramatik. Hans explosiva rörelser var både tjusande och skrämmande att bevittna. Man höll andan.

En del pojkar, konstaterade Leo när han gradvis avancerade i kön, hade också blivit rätt skickliga. Kraftiga avstamp och våghalsiga banor genom luften innan de sträckte ut sig och genomborrade vattenytan.

Leo såg ett visst släktskap mellan deras krumsprång – viljan att göra de få sekunderna mellan trampolin och vattenyta så händelserika som möjligt – och hans egen strävan. Det var egentligen förståeligt att de inte hade mer tålamod med honom än han med dem.

Säkert undrade de vad han höll på med, när Leo envetet tog sina varv och hoppade på exakt samma vis varje gång. Skyskraperak hållning, ansiktet vänt mot taket och ögonlocken till hälften slutna, som om han vore drogad.

Han hoppades att de inte skulle lägga märke till hur luftfärderna sakta tog längre tid, eller hur kort dykningen i vattnet blev trots den raka kroppsställningen. Snart spottade bassängen upp honom med nästan samma brådska som en gummiboll man trycker ner under ytan och sedan släpper.

Han höll verkligen på att bli lättare! Ett drömskt leende växte över Leos ansikte.

Mer och mer stod det klart vilket knep som fungerade bäst. I brist på den sinnenas totala tomhet, som gjort honom lätt som en såpbubbla när han föll från sitt fönster, fick han använda inbillningskraft. Koncentrera sig på sin längtan uppåt och sträva mot simhallens tak. Det var viktigast – att inte sky vattenytan, utan längta åt motsatt håll, rikta blicken mot taket.

Skillnaden var som natt och dag. Så fort han blev medveten om riktningen nedåt och tyngdlagen han kämpade emot, föll Leo som en sten. Lyckades han med alla sinnen känna sitt väsen stiga uppåt, även när kroppen verkligen vänt i sin bana och var på väg ner – då blev fallet betydligt långsammare, som repriser i slow motion på OS i TV. Inte så till den grad att hela simhallens alla badare stelnade till och förfärat stirrade på honom, men snart tillräckligt för att en och annan skulle kröka sina ögonbryn.

Leo märkte de granskande blickarna fast de aktade sig för att låta honom möta dem. Nå, han struntade i deras tysta frågor och spirande misstänksamhet. Gång på gång tog han varvet från trampolinen till vattnet och varje hopp blev någon bråkdels sekund långvarigare, fast han använde mindre och mindre kraft i avstampet.

Efter ytterligare en tid, när hans hopp trots de svaga avstampen verkligen började bli orimligt höga och fallen nedåt knappast alls accelererade som tyngdlagen krävde, märkte Leo att kön vid trampolinen avtagit. Folk började ana oråd.

Det ökande antalet nyfikna blickar fick honom att bestämma sig för att sluta, trots att badtiden var långt ifrån slut.

Leo hade hållit på en bra bit över timmen med sina övningar och det hade gått hundrafalt bättre än han vågat hoppas. Sista gången kände han verkligen att han inte bara skulle kunna stanna i hoppets höjdpunkt, mitt i luften, utan även med ytterligare viljekraft stiga ännu högre.

Men det aktade sig Leo för. Han dök ner i vattnet med stilla behag, inte fortare än en badboll sjunker mot marken en varm sommardag.

Åtskilliga blickar följde Leo på vägen ut till omklädningsrummet.

9

Samtidigt som Leo lät skåpnyckeln trilla ner i den lilla plåtlådan intill kassan fick han syn på ett bekant ansikte. Vid ett av cafeterians glest besatta bord satt Månsson och vinkade åt honom med båda armarna. Leo styrde stegen dit.

Månsson hade ett ganska neutralt utseende, med kortklippt mörkt hår, magra kinder och ständig skäggstubb. I stället klädde han sig alltid utmärkande. Ingen kunde begripa var han fick tag i alla dessa exotiska plagg – en uniform, paljettskjortor, en overall i fluorescerande brandgul galon, en japansk sidenkimono med guldbrodyr, en ståtlig frack och en mexikansk poncho som dammade vid varje rörelse han gjorde. Då och då gick han till och med omkring i en skramlande ringbrynja som verkade mycket äkta.

Nu var Månsson klädd i bredbrättad jordbrun hatt, vit kråsskjorta, en judodräkt som färgats i någon obestämd mörk ton och ett upp- och nedvänt kors i guldkedja om halsen. På bordet låg ett par vita handskar och ovanpå dem en stor tändsticksask, som Leo visste innehöll både tändstickor och lösa cigarretter i en enda röra.

Månsson rullade själv och vägrade göra det någon annanstans än i sitt hem. När han skulle ut fyllde han asken med så många cigarretter han orkade rulla eller trodde sig behöva. Då de tog slut vände han ohjälpligt hemåt. Det var en utmärkt metod att hålla lite ordning på sitt liv och stimulera ett slags hemlängtan, hade han förklarat.

"Lustigt att jag skulle stöta på dig just nu, Månsson", sa Leo, slog sig ner mitt emot och tände en cigarrett från sitt eget paket. "För bara ett par timmar sedan tänkte jag på en sak du brukar säga."

"Verkligen?" svarade Månsson med klar röst och omsorgsfullt uttal. Han uttryckte sig alltid mycket tydligt, rörde läpparna så utpräglat att även en döv borde begripa det mesta. "Jag älskar att höra mig själv citeras. Vad är det jag brukar säga?"

"Att verkligheten är vad man upplever och därför är allt man upplever verklighet."

"Så sant som det är sagt", sa Månsson med ett diskret leende. "Och hur kom du att tänka på de orden?"

"Ja, säg det", mumlade Leo med samma lilla leende och lät plastpåsen med de blöta badbyxorna falla ner på en ledig stol. Lyckan av de framgångsrika övningarna kittlade fortfarande i honom – från underlivet upp till den översta halskotan. "Jag gick väl och grunnade på sådana saker, av någon anledning."

Väl medveten om Månssons konfunderade blick reste sig Leo, gick och köpte kaffe och en stor leverpastej- smörgås. Vid den första munsbiten upptäckte han med förvåning hur hungrig han blivit. Smörgåsen försvann i några snabba tuggor. Kaffet räckte inte särskilt länge, det heller.

Leo vände blicken mot simbassängen på andra

sidan fönsterväggen. De hade stängt nu, där fanns inte en människa och vattnet låg alldeles stilla. Det enda som rörde sig var sekundvisaren på en stor väggklocka. Trampolinens bräde hade fällts upp mot glasväggen. I nästan lodrät ställning såg den betydligt längre ut. Ja, riktigt hotfull.

Leos blick gled över den släta vattenytan. Han skulle gärna återuppta sina övningar i den stillhet som nu rådde där inne.

En annan gång.

Enstaka vattendroppar trillade ner från luggen. Leo strök reflexmässigt handen genom håret och torkade av den mot byxbenet. Månsson satt och tittade på honom med ett slags dagdrömmaruttryck i ögonen, som om han förlorat sig i avlägsna minnen och inte alls såg vad som fanns i blickfånget.

"Från det ena till det andra", återtog Leo efter en stunds ömsesidig tystnad. "Vad gör du egentligen här i Torvalla simhall? Du har väl inte badat, för då borde jag ha sett dig därinne."

"Nej, jag har suttit här hela tiden, några timmar nu. Det händer rätt ofta att jag kommer hit."

"Varför då? Väntar du på någon?" Leo såg sig omkring. Där fanns på sin höjd en handfull andra människor och ingen verkade ta någon notis om dem.

Månsson skakade på huvudet så att den korta luggen studsade över pannan.

"Jag sitter här och ritar. Figurteckning i flygande

fart. Har man inte råd med egen modell och vännerna tröttnat på att stå stilla framför staffliet, då får man hitta på något. Här är utmärkta tillfällen till anatomiska studier."

Han nickade mot bassängen, där belysningen just släcktes. De såg inte stort mer än sina spegelbilder i rutan.

"Figurteckning är motion, ska du veta. Bildkonstens armhävningar. Vill man hålla sig i form med penna och pensel måste man göra det regelbundet. Människokroppen är grunden för all konst. Kan man teckna den behärskar man allt."

"Får jag titta?" Leo hade just upptäckt skissblocket som låg lite åt sidan på bordet.

"Javisst. Du är själv med."

"Å!" Leo kände det lite som om han avslöjats i ett intimt ögonblick, iakttagen utan att veta om det. Vad hade Månsson sett?

"Du är en förträfflig modell. Tydlig och intensiv."

"Tydlig? Hur kan man vara mer eller mindre tydlig?"

"Som jag ritar kan man det och då är du ovanligt tydlig. Dessutom rörde du dig långsammare än alla de ivriga smågrabbarna där inne, så med dig fick jag mer tid."

Leo bläddrade i blocket. De första bladen fylldes av yvigt tecknade människokroppar i skarpt svarta tuschlinjer – utsträckta armar, lätt skissade ansikten, spretande fingrar och sträckta vrister. Det syntes att modellerna var badare, hoppande från trampolin och bassängkant, sittande med fötterna doppade i vattnet eller stående med avspänd hållning i små grupper.

De var så summariskt tecknade att det ofta var svårt att ens avgöra deras kön. Månsson hade mest tagit fasta på hållning och rörelser, linjerna som deras kroppar formade. Ibland var det bara silhuetter, ibland föga mer än streckgubbar.

Ju längre fram han kom i blocket, desto hastigare var figurerna tecknade, tills de plötsligt inte alls liknade människokroppar längre.

"Där börjar det", sa Månsson. "Mitt nya sätt att teckna människor."

"Men är det verkligen människor? Det ser mest ut som garnhärvor."

Teckningarna bestod av ett virrvarr av hastiga linjer, ibland tjocka och så kraftiga att de nära nog bröt igenom det tunna papperet, ibland spröda som hårstrån. De var i regel samlade i knippen, men från dessa löpte de sedan hur som helst. Linjerna kunde övergå i spiralform som serpentiner, beskriva vidgande eller krympande cirklar, löpa i njurform eller s-kurvor. Mestadels var de bara ett gytter. Leo tyckte att det mest såg ut som kaotiskt spädbarnsklotter.

Han bläddrade vidare. Dessa stökiga strecknystan fick med tiden karaktär, fast han hade svårt att avgöra precis vilken. En logik tycktes framträda, alla streck beskrev verkligen något. På en och annan bild inringades de delvis av en högst ungefärlig silhuett, som med visst besvär kunde härledas till människokroppens torso, ben och armar. Då blev logiken tydligare.

Knippena, strålarna och spiralerna utgick från kroppars inre, tätast ungefär där solarplexus borde ligga, och spretade ut via huvud och extremiteter. Likt ett blodsystem som löpt amok.

"Vad ska det här egentligen föreställa?"

"Psi", sa Månsson. "Jag tecknar inte människors kroppar längre, utan deras psiflöden. Du vet väl vad psi är?"

"Inte den blekaste aning."

"Stackars människa! Hur kan man gå genom livet utan att känna till de mest elementära ting?" klagade Månsson en smula teatraliskt. "Psi är den psykiska energin, själva urkraften i varje levande varelse. Ungefär som elektricitet, fast inte i ett spänningsförhållande mellan plus och minus. Psi är ett ständigt flöde som genomsyrar allt och alla i hela universum. Det är med psikraften man kan flytta föremål utan att röra dem och sådana saker. På senare år har en hel del experiment gjorts, bland annat i USA. Du kanske kommer ihåg Uri Geller, han som böjde skedar? Honom och många andra har de testat."

"Men var inte han en bluff?"

"Det är möjligt, men det finns många andra. Det är psi de använder eller – för det förekommer naturligtvis många bluffmakare – låtsas använda. Här i västvärlden har man alldeles nyligen börjat forska i dessa ting, men i fjärran östern har de naturligtvis känt till det i flera tusen år."

"Ser psi ut så här?" undrade Leo med roat tvivel och pekade på en av teckningarna.

"I mina ögon, ja. Jag övar upp min ESP, min extrasensoriska perception, genom att försöka fånga psikraftens täthet och riktning i olika människor. De där teckningarna är alltså ett slags diagram eller flödesscheman, om man så vill."

"Det ser väldigt rörigt ut."

"De flesta har dålig disciplin på sin psi, det är därför människor ofta är så splittrade och okoncentrerade. Den som lär sig styra sin psikraft väl skulle kunna uträtta underverk." Han höll upp ett menande pekfinger. "Riktiga underverk!"

"Du är tokig", sa Leo med ett brett leende och bläddrade vidare i blocket, tills han stötte på en teckning där streckens gytter formade en ovanligt enhetlig figur.

Knippets mitt var så samlad att den var svart av alla streck. De spreds inte heller åt alla håll, som på tidigare bilder, utan i smal konform uppåt och nedåt. En del spröt och spiraler bar iväg i sina egna riktningar, men långt ifrån så många som på de föregående.

Nästa teckning var ännu tydligare. Strecken hade samlats tätare i vertikal riktning och de friare omgivande linjerna drogs mot dem, för att på båda håll om knippets mittpunkt omsluta det i spiraler. Dessa blev tätare ju längre de kom från mitten, likt ett rep som snoddes runt knippet och drogs åt. På nästa teckning hade spiralerna dragits åt tätare, så att knippet både uppåt och nedåt smalnade i stigande grad från mittpunkten.

En serie teckningar förde processen framåt, så att en strikt figur framträdde allt tydligare. En knut av svärta mellan två mjuka pilformer – en stor och kraftig som pekade rakt upp och en betydligt mindre och kortare som pekade ner.

På den sista teckningen i blocket var figuren skarpt ritad och helt fylld med tuschets blanka svärta. Omkring den hade silhuetten av en människokropp skissats. Knuten befann sig mitt i gestaltens bröst. Den nedre pilen nådde till torsons slut, med spetsen där könet borde vara, och den övre, betydligt större pilen följde de rakt uppsträckta armarna men formade sin spets långt ovanför fingertopparna.

Leo tyckte att det på något vis såg religiöst ut, en science fictionikon eller symbol från någon ålderdomlig bok om svart magi.

"Här är det väldigt tydligt", sa han och höll upp blocket så att även Månsson kunde se. "Är det också en människas psikraft?"

"Ja", svarade Månsson, allvarsamt nickande. Han brydde sig inte om teckningen, utan tittade rakt in i Leos ögon. "Det är du."

10

Ett visst ögonpar hade inga som helst problem med det täta novembermörkret. De var runda, inte större än den sorts kulor som barn spelar om när våren kommer, och delade på mitten av svarta strimmor med samma form som snittytan mellan två cirklar. När de strök förbi någon gatlyktas ljuskägla fattade de eld och sken starkare än ljuset de reflekterade. Även däremellan, då de passerade genom tung skugga eller korta stråk av total natt, gav de en glöd ifrån sig.

De här ögonen var inte blott passiva mottagare av färg, form och lyster från omgivningen – deras seende var en aktiv stråle som sökte sig bort till varje föremål de riktades mot. De kände och penetrerade så att hela blickfältet blev en del av ögonens kropp. De erövrade, men inte för att behålla. När blicken lämnat ett föremål och ögonstrålarna släppte sitt grepp, då var det genast glömt.

Ögonen granskade inte hela sin omgivning på detta sätt. De gled likgiltigt förbi tusen ting, för att plötsligt fastna på sådant som rörde sig eller sådant som var stilla fast det inte var dess natur. Alla väsen som inte satt fast i jord eller sten granskades av ögonstrålarna. Blicken kunde också tränga in i själlösa ting, för att utröna om något dolde sig inuti eller bakom dem.

Däremellan fixerade ögonen den avlägsna punkt som var deras ägares mål.

Stegens rytm var komplicerad. Ibland rak och så hastig att långa sträckor tillryggalades på ett ögonblick, annars prövande, varierad, likt grus som rullar nedför en svag sluttning. Då och då, när ögonen fångade någon detalj i omgivningen, stannade benen upp och hölls i absolut stillhet ända tills blicken på nytt lösgjorde sig.

Tassarna rörde vid marken med sådan känslighet att inte minsta ljud hördes, oavsett hur hastiga stegen var eller vilket underlag de rörde sig över. Trots den ojämna terrängen gled kroppen fram utan minsta lodräta guppanden, som en svan på spegelblankt vatten.

Svansens följsamma böjning ändrades på ett självklart sätt med hastighet och riktning. När kroppen stelnade mitt i ett steg var den yttersta svanstippen allt som rörde sig, vaksamt vaggande, som en giftorm när den inväntar ett tillfälle att hugga.

Sådan blev nu svanstippen och kroppen orörlig, när ögonen fixerades vid två gestalter som kom gående längs promenadvägen. De väsnades i allsköns ro, obekymrade om vad som fanns omkring dem – så fjärran från naturen hos den varelse vars blick penetrerade deras väsen.

Svanstippen vickade, blicken gled över på en av de två och stannade där. Ögonen hade inte tappat sin glöd men lät den döljas bakom nattens hölje, för att se utan att synas.

De två gestalterna var båda långsträckta och magra, balanserande på enbart bakbenen. Den ene höll sig uppe genom att väga tungt på sina steg och se till att alltid hålla kroppens tyngdpunkt innanför fötternas kontakt med marken. Men den som de runda ögonen fixerat gjorde på ett helt annat sätt.

Han vägde så lätt på sina fötter att de inte hade mer att göra än föra honom framåt. Därför blev hans steg nästan lika mjuka som fyrfotadjurs mästerligt förda tassar. Denna lätthet vann han genom att inte kämpa mot markens eviga pockande, utan med hela sitt väsen längta till himlen. Ögonen saknade visserligen glöd men siktade betydligt längre bort än de flesta varelsers.

Det gjorde dem blinda för sin omedelbara närhet – ett farligt offer.

"Vad är det där?" utbrast Månsson och pekade mot ett buskage vid promenadvägens nästa krök. Han hade skymtat något, en skugga i plötslig rörelse, och fick nu två gulgnistrande punkter i blickfånget. Vilddjursögon. Instinktivt stannade han upp och Leo gjorde detsamma.

"Var?" Leo spanade åt det håll vännen pekade. Det dröjde en stund innan han kunde se konturer i skuggorna. "Å – en katt, ser du väl! En vanlig katt. Skrämde den dig?"

"Jag såg inte vad det var."

Katten rörde sig nu smidigt mot dem med svansen sträckt uppåt och huvudet lågt hållet. Den jamade en gång, strök sig mot Leos ben och började spinna. Vibrationerna kändes genom byxtyget.

De hade stannat vid en av de glest placerade gatlyktorna, där det fanns ljus nog att se katten ordentligt. Den hade silvergrå päls med svarta ränder, som var smala och täta på huvudet och över benen, tjockare och glesare över ryggen. Som en tiger.

Kanske var det därför Leo uppfattade katten som kraftfull, ett verkligt rovdjur, trots att den betedde sig ömt och nästan underdånigt. Katten spann så tjockt att den borde storkna.

Medveten om hur kräset katter väljer vilka de ska ty sig till, kände han sig stolt över att den utan vidare kommit fram till honom. Leo fick lust att lyfta upp den i famnen. Den verkade vänta sig det. Men varför, vad skulle han sedan göra med den?

Månsson hade redan återtagit den avbrutna promenaden, med en tveksam blick på katten. Leo följde efter men kunde efter några steg inte låta bli att se sig om.

Där satt katten som en porslinsstatyett mitt på gångvägen, med sina lysande ögon riktade rakt mot honom.

"Hej då!" sa Leo med mjuk röst, praktiskt taget bara en viskning.

Då verkade det nästan som om katten stilla skakade på huvudet.

"Det kan inte vara lätt att vara katt i den här trakten", sa Månsson när Leo hunnit ifatt honom. "Är det inte bilarna eller alla lösa schäferhundar, så ska några ungar stoppa ner den i en centrifug i tvättstugan. Det händer hela tiden."

"Verkligen?" Leo försökte låta bli att tänka på det.

"Ja, de behöver verkligen alla sina nio liv. Men de tål en hel del. Det sägs att en och annan katt fallit från sjunde våningen, platt på marken, och överlevt helt utan skador."

"Det har jag också hört talas om."

De korsade Söderbyleden vid slutet av backen ner mot Klockarleden. Brandbergens sluttning och murverk av höghusfasader tornade upp sig framför dem.

"Men å andra sidan – det är nog bara rykten. Sju våningar är nästan tjugo meter. Man måste ha vingar för att klara det, även om man är lätt och smidig som en katt."

"Jag är inte så säker på det", mumlade Leo och såg sig tankfullt om efter katten.

I samma ögonblick skrek bromsar högt, däck slirade mot asfalten. En stor frysbil med lekfull, blåvit lackdekor som skulle likna is och snö, bromsade häftigt och kanade nedför backen. På gatan, mitt i bilens färdriktning, stod den grå katten. Utan att röra sig ur fläcken sköt den rygg och fräste mot den väldiga lastbilen.

Leo slogs av att han faktiskt hörde kattens svaga väsande, trots det väldiga oljud lastbilen förde när den svängde och slirade allt närmare. Bara någon meter från katten stannade den.

Så snart föraren fått stopp på bilen sträckte han ut huvudet genom sidorutan och röt åt Leo:

"Håll för fan reda på din katt!" Det hördes tydligt att han var skakad. "En jävla tur att jag råkade få syn på den, i det här mörkret.

"Det är inte min katt", svarade Leo och märkte då på tungans och stämbandens svårigheter att han själv blivit precis lika skrämd. Halsådrorna dunkade och benen skälvde.

"Inte? Varför följer den efter dig då?"

"Vad vet jag? Fråga den!" Leo förstod att förarens

vrede kom sig av chocken men kunde inte låta bli att svara lika vresigt.

Tydligen kände också mannen i lastbilen det, för han sansade sig och fortsatte efter några sekunders tystnad i mildare ton:

"Nå, kan du lyfta bort kattskrället, eller måste jag?"

Katten stod fortfarande med kroppen på sned, raggen rest och tänderna blottade. Den fixerade lastbilens otympliga front, som för att hoppa fram och sätta tänderna i den. Men så fort Leo lade sin hand på katten slätades pälsen ut, ryggen sänktes, den gnistrande blicken lämnade lastbilen och mjuknade. Katten lät sig villigt lyftas och bäras av gatan.

Föraren tryckte på gasen. Frysbilen mullrade och sattes i rörelse.

"Tack ska du ha, grabben!" ropade han och började veva igen sidorutan. "Men nog syns det att det är din katt."

Leo var på väg att kasta ur sig en svordom men lät det vara. Katten sjönk så självklart ner i hans famn. Det föll honom inte in att släppa den när de lämnat vägen. Katten började spinna. Nu kände han vibrationerna mot sitt bröst, likaså den lilla kroppens mjuka värme.

"Ja, där gjorde du då av med ett av dina liv, det är säkert", mumlade han. "Hur många har du kvar – håller du räkningen, katt?"

Den mötte hans blick med huvudet på sned och spann ännu högre.

De fortsatte uppför den vildvuxna slänten mot bostadshusen, Leo med katten på armen och Månsson någon meter vid sidan om. Leos fria hand började automatiskt klappa den släta pälsen och katten gnuggade sitt huvud mot hans bröst. Månsson betraktade dem utan ett ord.

Framme vid 263:ans port tog de farväl och Månsson fortsatte in i området. Utan att tänka så mycket på det bar Leo katten med sig upp i hissen och in i lägenheten. Den låg så stilla i hans famn och vägde nästan ingenting.

11

Plötsliga skrattsalvor och slamret av träskor mot betong-golvet ryckte Gunilla ur tankarna. Det var korplaget som kom in från minigolfbanan för en kopp kaffe. Hon min-des att hon själv funderat på detsamma, men nu bildades en klunga vid luckan. Det fick vara.

Hur länge hade hon egentligen suttit där? Gunilla sneglade på armbandsuret, förresten den enda riktiga present hon någonsin fått av Leo. En Musse Piggklocka med seriefigurens armar till visare – ful som stryk men den gick alltid rätt. Snart tio. Hela kvällen hade hon suttit där! Var verkligen det där med Leo så mycket att grubbla på?

Han hade inte öppnat dörren när hon ringde på. Vore det någon annan skulle Gunilla ha varit säker på att han till exempel stod i duschen och inget hörde av vare sig ringklockan eller hennes rop genom brevlåde-springan. Men med Leo var det annorlunda. Säkert hade han suttit och tryckt i något hörn av den lilla lägenheten, helt vilsen i sin hjärnas många mörka korridorer.

Det var inget nytt.

Hon hade trott att Leo bättrat sig i och med den egna lägenheten, som han verkade så nöjd med. Då skul-le han väl äntligen växa ifrån sina griller.

I och för sig var redan det en varningssignal att han aldrig höll någon invigningsfest på Oxens gata. Ingen annan skulle hoppa över det. Somliga såg till att fira med dunder och brak bara de möblerat om. Leo, däremot, bjöd praktiskt taget aldrig hem någon, så vitt hon kände till. De som sett hans nya hem hade självmant tagit sig dit och hälsat på.

Gunilla hade varit där ett par gånger i andras sällskap. Hon mindes hur sparsamt han möblerat och vilken oreda som rådde. Det kändes som om han lät skräpet vara i demonstration mot just henne. Han hade flyttat från Gunillas ordning till sitt eget kaos. Där såg mer ut som en bostad någon skyndsamt övergivit än det första egna hemmet. Bara Leo kunde trivas så.

Var det verkligen för denna inomhuscamping, hade Gunilla tänkt, som Leo tagit tandborsten och flytt henne?

De få omaka och slitna möblerna verkade bara ha stjälpts av på golvet. Väggarna var visserligen målade – vita förstås – men så nödtorftigt att både underliggande tapetmönster och gamla borrhål tydligt syntes. Den enda väggdekorationen var en affisch föreställande en tillknycklad burk Coca Cola – nog så passande.

På något vis hade Leos lilla skamfilade lägenhet påmint om munkars celler i katolska kloster. Leo gjorde på sätt och vis som de – tog avstånd från det världsliga. Nu tydligen även från sina vänner.

Nej, fan heller! Det kunde hon inte stillatigande acceptera. Gunilla lyfte huvudet och tryckte handflatorna mot bordsskivan. Här kunde hon inte sitta och sucka hela natten.

Hon måste göra något, innan den där eremiten ruttnade bort i sin lya. Ringa på igen och inte ge sig förrän han öppnade, gripa tag i honom och ta reda på hur det egentligen var fatt. Hon måste träffa Leo om hon så skulle vara tvungen att gräva sig igenom den där dörren med bara naglarna.

Det var så kallt ute att andedräkten ångade och så kolmörkt som det bara kunde vara under senhöstens nätter, veckorna innan mjuk vit snö lade sig över landskapet. Trots att hon hade föga till övers för den här årstiden och gärna skulle hoppa direkt från sommar till vinter, brukade Gunilla då vara mer energisk än någon annan tid på året. Kanske eggades hon av klimatets bistra motstånd. Trots blåsten brydde hon sig inte ens om att knäppa jackan.

Av någon outgrundlig anledning släcktes den mesta belysningen i området före tio på kvällarna. Vissa kvarter kunde då vara så mörka att man knappt såg marken under fötterna. Så även den korta sträckan, inte mer än hundra meter, mellan minigolfen och Leos port. Gunilla råkade slå foten i den stenlagda kanten till en vissnad blomrabatt. Hon svor och gjorde en grimas. Till på köpet var naturligtvis porten låst.

Titt som tätt slog folk in en ruta i porten för att komma åt att låsa upp. Det dröjde inte många dagar förrän en ny ruta sattes i och snart slogs även den sönder. Ett slags ekorrhjul. Andra portar var så slitna i dörrkarmen eller själva låsmekanismen att de gick upp om man ryckte bestämt i dem.

Inte Oxens gata 263, naturligtvis – dess port var sällsynt välbehållen och stadigt låst. Gunilla såg sig om på marken i det bleka ljus som nådde ut från farstun.

Hon hittade en gammal glasspinne att sticka in i dörrspringan och pressa undan låskolven med.

Farstun var öde, hennes steg ekade mellan de sprutmålade väggarna och stengolvet.

Gunilla hade aldrig förstått hur Brandbergens alla tiotusen invånare kunde vara så osynliga. Aldrig såg man några folkmängder, aldrig trängsel eller myller. Inte vid rusningstid, inte ens vid tolvslaget på nyårsafton eller vid vårens festdagar med uppträdanden på gräsmattan nedanför idrottsplatsen. Folk smög osynliga till sina jobb på morgonen och osynliga in i sina lägenheter på kvällen. Kanske somnade de verkligen vid tio, när TV-programmen tog slut och portarna gick i lås.

Gunilla satte ett tveksamt finger på ringklockan vid Leos dörr. Signalen ljöd distinkt när hon tryckte in knappen och en gång till när hon släppte den. Gunilla höll andan.

Ett svagt ljud nådde ut i farstun. Gitarr. Enkla ackord i monoton takt. Det var definitivt Leo och ingen annan som spelade. Han hade aldrig lärt sig att ta barré, bara vanliga treklanger på greppbrädets första tre, fyra band. Ibland brukade han nynna till, eller sjunga mumlande med en ljusare stämma än vad som låg för honom.

Leo gjorde också en del egna låtar – ibland med hyfsade texter, mindes hon. På den tiden då han brukade sitta i soffan i hennes lilla etta och plinka och småsjunga, kunde hon flera utantill. En del satt väl fortfarande kvar i minnet. Gunilla kom genast att tänka på den låt han

allra oftast sjungit på. Var det kanske den han spelade
nu också? Ackordsgången lät bekant.

> *Finns det nåt land*
> *där man kan leva som man vill?*
> *Finns det nåt land*
> *där en obstinat kan hålla till?*

Så gick refrängen, som han brukade sjunga ovanligt
starkt, lite som en marsch, i stackato. Versernas melodi
var mer lik ballader, mjukare och följsam med texten.

> *Det går så bra om man är snäll*
> *försiktig och konventionell*
> *Hålla käften, lida tyst och va' snäll!*

> *I denna värld av evigt gnäll,*
> *var finns det plats för en rebell?*
> *Här är det tabu att vara originell!*

Det var fler verser som hon bara mindes fragment
av, sedan refrängen igen och igen. Leos aria. Så vitt hon
hörde sjöng han inte nu och precis när hon lade örat till
dörren tystnade gitarren.

Gunilla tryckte på ringklockan igen.

12

Dörren öppnades. Gunilla ryckte till och förstod då att hon inte alls väntat sig det. Där stod Leo med gitarren hängande från handen som ett slagträ, det blonda håret nytvättat men okammat och en vit stickad kofta hängande nästan ner till knäna.

"Hej Leo!"

"Hej", svarade han med en oförstående blick i sina grådaskiga ögon. Det såg ut som om han just vaknat ur en lång dvala.

"Får man komma in?"

"Javisst." Han steg åt sidan och stängde sedan betänksamt dörren bakom henne.

Gunilla klev ur skorna och hängde upp jackan på en krok. Leos lukter kändes i luften. Tobaksrök – hon blev allt känsligare mot den – och en avlägsen antydan av unken öl. Hur mycket drack han nu för tiden? Det hade varit en hel del när de bodde ihop och hon hade svårt att tro att det minskat sedan dess.

Han städade verkligen inte ofta. Damm kittlade näsborrarna och linoleumgolvet i hallen var grusigt.

"Det var ett tag sedan", fortsatte Gunilla med ansträngd glättighet och följde honom in i vardagsrummet. "Jag tänkte att jag skulle titta förbi."

"Är det inte rätt sent för dig? Vad är klockan?"

Det stack till i Gunilla. Ville han vara så svår? Men hur hon än granskade det bleka ansiktet, såg Leo inte ut att ha haft någon enda tanke på att såra henne – inte någon tanke alls, för den delen. Leo tog plats i en sliten fåtölj och bjöd henne att sitta i dess tvilling. De knakade.

"Snart tio", svarade Gunilla efter en hastig blick på Musse Piggklockans visare. "Men jag ska inte upp så tidigt i morgon. Hur är det med dig – tänkte du just gå och lägga dig?"

Han skakade på huvudet och lyfte en pyrande cigarrett från askkoppen, där den tydligen fått vänta när han gick och öppnade. Den centimeterlånga askpelaren brast och föll ner på bordsytan. Leo såg det inte.

Då kom en katt från ingenstans och skuttade mjukt upp i hans knä. Grå med svarta ränder, som en tiger i svartvitt.

Det hade hon inte alls väntat sig. Leo hade aldrig visat något större intresse för djur, men där lade katten sig tillrätta i hans knä lika självklart som om de vuxit upp tillsammans. Den betraktade Gunilla med ett slags upphöjt lugn, överlägset som för att demonstrera att hon bara var en gäst – föga efterlängtad – och inte skulle inbilla sig något annat.

"Jag hade ingen aning om att du skaffat katt! När gjorde du det?"

"Ikväll."

Så snart han började klappa den, spann katten ljudligt och innerligt och strök sitt huvud mot Leos hand.

"Den är riktigt tjusig. Vad heter den?"

"Det vet jag inte – ingen har presenterat oss." Leo

tittade upp och visade tänderna i ett leende som Gunilla skyndade sig att besvara. "Jag kallar den bara katten. Har du något bättre förslag?"

"Det duger väl bra. Katten verkar trivas med dig, ska du behålla den?"

"Det får man väl se. Om den vill gå sin väg tänker jag inte hindra den."

"Och om den vill stanna?"

Leo ryckte på axlarna men fingrarnas ömma hantering av kattens nacke och ryggbåge gav ett tydligare svar.

Gunilla tänkte att det kanske inte var så dumt med en katt åt Leo. Hon var övertygad om att han inte mådde bra av ensamheten, fast han sökte sig till den. Husdjur kunde ofta vara behagligare sällskap än aldrig så välmenande människor. Mer toleranta, bland annat. Det kunde Leo behöva.

Den här katten såg verkligen ut att helt och fullt betrakta Leo som sin husse och han verkade inte må illa av det. Gunilla kunde praktiskt taget se hur de smälte samman.

"Ta en cigarrett", sa Leo och pekade på sitt paket som låg slängt på bordet.

"Fresta mig inte – du vet ju att jag slutat!"

"Å, det hade jag glömt. Jag trodde att du bara var utan. Vill du ha något annat – en kopp te, kanske?"

"Gärna", svarade hon, fastän hon kände sig både mätt och ganska tveksam inför de sorter han brukade hålla sig med. Örtblandningar eller svart te med påträngande fruktsmak, som luktade likt hela parfymbodar. Men det kunde vara en räddning undan tystnaden som hotade att lägga sig mellan dem.

Fortfarande efter alla dessa månader sedan Leo flyttade hade de svårt för att umgås avspänt. Å andra sidan var det här första gången på bra länge som de träffades på tu man hand.

"Ska jag hjälpa till?"

"Nej, sitt kvar så slipper du se hur det ser ut i köket." Han lyfte försiktigt ner katten och reste sig. "Jag har mitt eget system där ute – diskar när jag ska använda porslinet igen, i stället för direkt efter."

Gunilla kände ännu mindre smak för te men höll god min.

"Ja, det går väl ungefär på ett ut", sa hon och föreställde sig travar av gammal disk över hela diskbänken, med stelnade rester av grönt och svart mögel.

"Det borde väl det", svarade Leo med ett granskande ögonkast på henne och ett slags leende.

Han försvann ut i det lilla köket, inte mer än ett smalt pentry i korridoren till sovrummet. Där fanns visst ett klaffbord, men det dög knappast till annat än små frukostar i all ensamhet. Sådana hade å andra sidan Leo säkert rätt många av, tänkte hon.

Leo började skramla med kastrull och koppar. Vattenkranen brusade. Katten sträckte ryggen i en båge, gäspade och slank ut till honom.

Gunilla passade på att se sig ordentligare omkring. Det var verkligen en milsvid skillnad mot hennes lilla etta, som var fylld med gröna växter, små karaktärsfulla möbler, inramade bilder på väggarna och gardiner med kappor i alla fönster.

Leo hade det minst sagt spartanskt. De få möblerna var udda och slitna, som om de förvärvats vid någon nattlig räd i sopcontainers. Coca Colaaffischen var fortfarande den enda dekorationen han fått upp.

Det enda moderna och exklusiva i hela rummet var stereon i mörk metall med mängder av knappar, rattar och små gröna och röda lampor. Högtalarna var stora som byråer. Leos grammofonskivor stod i en meterlång rad längs kortväggen.

Ovanpå den ena högtalaren stod Leos enda krukväxt, en alldeles rund kaktus, stor som en fotboll, med ett moln av små vita taggar. Han hade fått den i födelsedagspresent för några år sedan. Ingen inbillade sig att något mindre tåligt än en kaktus skulle stå ut med Leos vanvård.

Den här kaktusen var tydligen stark nog att både leva och ha hälsan, trots att den nog mest fick hålla tillgodo med luftfuktigheten. Gunilla kunde inte föreställa sig att Leo kom ihåg att vattna den regelbundet. Frågan var om han skulle klara av att ge någon bättre vård åt katten, som måste ha betydligt större anspråk.

En i Gunillas tycke vämjelig gardin i tunn grönrutig bomull satt fastklämd i det stängda fönstret. Det var frestande att gå fram och rätta till den, fast det säkert skulle reta gallfeber på Leo. Benen kliade och blicken återvände flera gånger till det klämda tygstycket.

Just som hon beslutat sig för att i alla fall våga lossa gardinen och tog stöd mot fåtöljkarmarna, kom Leo in med en fullastad bricka.

"Jag hade faktiskt lite knäckebröd och ost, ifall du är sugen."

"Te räcker bra för mig, Leo, men tack ska du ha."

Så fort han ställt ner brickan på soffbordet slank lukten från kannan in i näsborrarna. Hon gissade på svartvinbär. Det skulle väl rinna ner.

Rökare har det i alla fall mycket lättare, tänkte hon. De blossar och pillar på sina cigarretter och behöver inget annat ha för händer. Det var vad hon mest av allt saknade efter att ha slutat – pysslandet och petandet. Nu fick hon lägga händerna om den varma tekoppen för att hålla dem i styr.

Leo tog för sig med god aptit av knäckebrödet. Kanske fyllde han munnen så ivrigt för att inte behöva använda den till konversation.

Det slog Gunilla att världen egentligen var uppdelad i två sorters människor – de som aldrig sa något och de som höll låda jämt. Leo pratade bara när han blev direkt tillfrågad och då alltid kortfattat – om inte alkohol smörjt käkarna. I så fall uttryckte han sig ändå alldeles obegripligt.

Men ikväll var Leo spiknykter.

Vad skulle hon nu säga till honom? Fråga om han händelsevis var på väg att isolera sig helt från omvärlden, om han tröttnat på jordelivet och egentligen helst av allt ville få ett kvickt slut på allt? Eller skulle hon tålmodigt försöka lirka ur honom de inre våndorna, som en psykiater metodiskt dissekerar sin patient?

Det skulle bli svårt. Gunilla skrapade med pekfingernageln på porslinsmuggens grällt blå glasyr och sneglade på Leo.

Katten hade funnit sin väg tillbaka till hans knä. Där ringlade den ihop sig som en orm, tryckte nosen mot

bakbenen och blundade. Leo knaprade på sitt knäcke-
bröd – blek, främmande och på sätt och vis hjärtknipan-
de. Alldeles tyst.

Det skulle bli svårt.

"Vad har du för dig, nu för tiden?" öppnade hon
försiktigt.

"Jag flyger", förklarade Leo sakligt och chockerade
Gunilla med att den följande halvtimmen hålla låda som
aldrig förr.

Utan att hon behövde ställa någon enda fråga berättade
Leo om sina många solnedgångar i fönstret – och pekade
mot just den ruta som tagit en tugga på den grönrutiga
gardinen. Han berättade om upplevelser hon inte trott
det fanns rum för ens i hans förunderliga hjärnbark, om
sjuvåningsfallet som inte alls slutat såsom det enligt alla
lagar borde och om de efterföljande bisarra övningarna
i Torvalla simhall.

Gunilla glömde alldeles bort att plåga i sig något
svartvinbärste och Leo gav sig aldrig andrum nog att
tända en cigarrett, som ändå inte skulle kunna hänga
kvar mellan de galopperande läpparna. Med vida gester
försökte han förklara hur det måste ha gått till och hur
han tänkte fortsätta med sina metodiska övningar, i sim-
hallen och annorstädes, tills han kunde flyga minst lika
väl som i sin barndoms drömmar.

"Inte någonting kan jämföras med känslan av att
vara lättare än luft", deklarerade han med darrande
stämma. "Att sakta befrias från gravitationens grepp. Det

är som om Gud själv sticker ner sin hand från himlen och lyfter en i håret. Äntligen lossna från marken! Det är alla människors dröm, eller hur?"

Leos annars så ömkligt bleka kinder rodnade av upphetsning. Gunilla gapade och kände hettan av hans övertygelse lika tydligt som solstrålar på sommaren. Sådan hade hon aldrig förr sett honom, så hänförd och lyckligt besatt. Blicken gnistrade, de smala händerna virvlade i luften.

"Jag är säker på", fortsatte han med en röst hög som om han talade från predikstolen i en kyrka, "att varenda människa skulle kunna göra samma sak! Vi har nog allihop förmågan. Tänk dig vilken syn – alla jordens miljarder människor svävande bland molnen! Visst vore det härligt! Som fåglar, som änglar! Kan du tänka dig?"

Leo sjönk tillbaka i fåtöljen, tystnade och tittade förväntansfullt – ännu fånge i sitt rus – Gunilla rakt i ögonen.

Hon var tvungen att dröja med sitt svar, hämta andan och försöka samla tankarna. Gunilla kände sig korsfäst av Leos krävande blick.

Katten lyfte också huvudet och stirrade lika uppfordrande in i hennes ansikte.

"Jag tror", sa Gunilla dröjande, "att jag vet precis vad du borde göra."

13

Det hade börjat regna. Leo var förvånad. Så brukade det inte gå till, även vädret hade en tendens att somna på nätterna. Regnade det vid skymningen kunde det hålla på till morgonen, men var himlen molnfri förblev den sådan hela natten igenom. Så var det alltid.

Denna märkvärdiga natt hade dock skyn plötsligt fyllts av moln. Man kunde inte längre skymta vare sig månen eller en endaste stjärna. Regnet föll tjockt, tätt och hårt. Vinden var mycket ljudlig.

Leo tryckte jackan tätare om sig, glad över att ha tagit den på. De hade stannat till i porten, ovilliga att ge sig ut i spöregnet.

"Det är bara ett stenkast", försäkrade Gunilla och sträckte ut armen åt vänster. Regndroppar studsade mot pekfingret, som för att kröka det. "I nästa hus."

Regndropparna piskade mot pannan och vinden ryckte i jackan, när Leo följde i Gunillas hastiga fotspår mot grannhuset.

Hon hade varit envis. Det var någon han verkligen borde träffa och hon ville inte alls gå med på att timmen var för sen.

Tiderna förändras, tänkte Leo med ett förbifarande leende. Förr var det alltid hon som pekade menande på klockan.

Detta var i sanning en förunderlig dag. Ösregn ur ingenstans mitt i natten. Gunilla som drog iväg med honom till något hemlighetsfullt möte vid en tid på dygnet då hon alltid brukade sova som en stock i sin dyrbara dubbelsäng med ejderdunskudde. Dessutom katten som tytt sig till honom, så olikt dessa reserverade djur. Och svävandet, den makalösa upptäckten!

Allt på samma dag, ja, faktiskt på en enda kväll.

Leo undrade om allt skulle bli som vanligt igen när han vaknade nästa morgon. Det vore för tragiskt. Ett enda strålande undantag, med solnedgång och soluppgång som avgränsande parenteser, och sedan var allt som vanligt igen. Allt åter lika omöjligt som fysikens lagar gjorde gällande.

Nej, inte det! Måtte nästa dag bli lika märkvärdig, och nästa och nästa – som ett nytt liv!

Gunilla visade vägen nedför en trappa till källarvåningen på utsidan av huset. De hade inte gått hundra meter under bar himmel och ändå hunnit träffas av tusentals stora vattendroppar. Hon knackade på den kraftiga plåtbeslagna porten vid trappans slut och prövade genast därefter handtaget. Porten var olåst. Utan minsta tvekan klev Gunilla på.

Leo följde efter. Fast han i ett halvårs tid så gott som varje dag promenerat förbi, hade han aldrig lagt märke till trappan och plåtdörren.

Nakna taklampor spred ett stickande ljus, svårt att vänja sig vid efter kolsvärtan utomhus. De hade hamnat i en hobbylokal, kunde Leo konstatera när han slutat blinka. Den var något mindre än hans lägenhet, med ett par rum till vänster och ett minimalt pentry till höger. Det var varmt och luften var full av ljud från livlig verksamhet.

En hög ytterplagg låg på en bänk vid ingången och under bänken stod flera par skor.

"Ja", sa Gunilla när hon såg vart han tittade, "man bör ta av sig skorna."

De gick mot lokalens innersta, varifrån rösterna och de svårtolkade ljuden hördes. Rummen var något större än Leo först uppskattat och minst lika stökiga som hans eget hem. Det första rummet uppfylldes av ett gistet pingpongbord, belamrat med allehanda elektronikdetaljer i en väldig röra. Öppnade metallboxar, som liknade stereoförstärkare eller de riktigt komplicerade delarna av TV-apparater. Mätinstrument, lödpennor, elkabel i olika tjocklek och färger, högar av motstånd, kondensatorer och transistorer.

Leo hade aldrig varit särskilt tekniskt intresserad. Han hade visserligen då och då plockat isär någon krånglande bandspelare eller klockradio men oftast utan att lyckas få ihop den rätt. Ändå fascinerades han av elektronikens värld, av allt fantastiskt som apparater kunde uträtta. Det fanns ett slags magi i allt vad elektronernas ordnade färd genom sladdar och transistorer förmådde ställa till med.

"Leo!" avbröt Gunilla hans tankegångar. "Det är hit vi ska. Vad väntar du på?"

Hon hade redan tagit ett par steg in i det innersta rummet, där en febril verksamhet pågick. Fyra personer satt spridda runt enkla arbetsbord, belamrade så de bågnade med komplicerad elektronikapparatur. Det såg ut att kunna vara en militär kommandocentral eller ett spionnäste. Det dröjde några sekunder innan Leo kom på vad de egentligen höll på med och vad för utrustning som fyllde borden.

Radio. De var radioamatörer, med ett gemensamt tillhåll i den här källarlokalen.

Två av dem satt och pratade i bordsmikrofoner, korta meningar på engelska. Susande, raspiga svar hördes från högtalarna – standardfraser i överdrivet hjärtlig ton, fyllda med obegripliga förkortningar och fackuttryck. Det mesta som sades var bara bokstavskombinationer.

Alla fyra gjorde anteckningar och höll noga reda på instrumentens många livliga mätare. De två vid mikrofonerna var medelålders män och de andra två – grabbar i tonåren – deltog glatt med kommentarer och minspel.

Leo stannade i dörröppningen och såg sig storögt omkring.

"Härifrån når man ut över hela världen", förklarade Gunilla med ett stänk av stolthet, som genast avslöjade att hon inte bara var en tillfällig gäst i allt detta. "Uppe på hustaket står en riktig bjässe till antenn, som styrs med reläer här nere. Den måste du väl ha lagt märke till?"

"Ja, jag trodde att det var polisens."

Han hade faktiskt observerat antennen med långa metallspröt, som sträckte sig en bra bit upp från taket och mätte kanske tio meter i horisontal riktning. Då och då skruvade den sakta på sig, åt ena eller andra hållet, och de långa spröten gungade. Den såg hotfull ut, som något ultramodernt rymdvapen.

Även här nere fanns en imponerande utrustning. På

sina ställen var borden fyllda nästan upp till taket. Det satt visserligen ganska lågt. Många nakna rörledningar hängde från det och borrade sig rakt genom väggarna, härs och tvärs över lokalen.

"Det måste kosta multum", mumlade Leo. "Hur har de råd?"

"Det har tagit sin tid att samla ihop allt förstås och mycket har vi byggt själva."

"Jag hade ingen aning om att du höll på med sådant här."

"Jag vet", svarade Gunilla med ett trött leende.

Ena långväggen täcktes av postkort med tryckta hälsningsord på engelska, bokstavs- och sifferkoder och ibland små teckningar i grälla grundfärger. Varje kort hade sin egen utformning, flera hundra inpå varandra från hörn till hörn på väggen.

"De kommer från alla klubbar vi varit i kontakt med på radion", förklarade Gunilla när hon följde hans blick.

"Nästan varje plats på jorden finns representerad där."

"Vad pratar ni med varandra om?"

"Inget särskilt, egentligen. Det viktigaste är själva kontakten. Man ordnar tävlingar också, där det gäller att nå så många sändare som möjligt inom en given tid. Det finns hundratusentals."

Leo kunde riktigt känna hur luften var fylld med radiovågor från alla dessa sändare, kors och tvärs i etern över varje befintlig frekvens. Miljoner vågrörelser. Obegripligt att det inte märktes, att inte luften kokade av allt som genomströmmade den!

Och ändå var det enda som sades tydligen inte mer

än sådant som man säger till sin granne under en färd upp eller ner i hissen.

En av männen vid mikrofonerna hade avslutat sitt samtal, vred ner högtalarvolymen och lutade sig tillbaka i stolen. Gunilla gick fram och klappade honom lätt på axeln. Han visade genast ett igenkännande leende, steg upp och gav henne en kram.

Mannen var i fyrtioårsåldern, lång och smal som en gatlykta, med svart hår och välansat skägg. Leo tyckte att han såg ut lite grann som djävulen. Ögonen var stora och blicken dunkel, kinderna höga, munnen stram och pannan fylld av fint tecknade rynkor. Leo lade också märke till de stora öronen som räckte praktiskt taget från tinningarna ner till halspulsådern och gav det skrämmande ansiktet ett stänk av komik.

Annars var det en bister gestalt, lik en sträng magister i gammaldags ekande skolsalar. Någon som man instinktivt håller sig undan.

Gunilla verkade i alla fall inte ett dugg illa till mods inför den bistre mannen. Hon besvarade hjärtligt både kram och leende, tittade honom rätt i ögonen – vilket krävde att hon nästan vred nacken ur led – och de startade ett ivrigt samtal. Det var uppenbart att de kände varandra väl.

Leo kunde inte låta bli att undra hur väl. Han förstod inte vad Gunilla uppskattade hos en så dyster typ.

Det gick inte att höra vad de sa, men när Gunilla efter en stund pekade mot Leo blev han illa till mods och hade helst svängt på klacken och gått sin väg. Den dunkla blicken vändes rakt mot Leo och stannade där, under det att de magnifika öronen registrerade allt Gunilla sa.

De andra fortsatte med sitt, utan att ge varken Leo eller Gunilla mer än ett förstulet ögonkast. Båda tonåringarna sneglade betydligt mer på den magre mannens plats, ivriga att ersätta honom vid mikrofonen. Den andre mannen fortsatte sitt högljudda, korthuggna samtal på engelska med en otydlig röst i högtalaren.

Nu lämnade till slut den bistre sin plats vid bordet och steg fram till Leo. Han var så lång att han höll huvudet böjt och inte sträckte ryggen helt, för att slippa slå i taket.

Leo hade lagt märke till att långa människor gjorde så även när det inte var nödvändigt, som om de därigenom hoppades krympa till normalformat. De krökte sina ryggar tills de såg ut som krymplingar. Det kunde inte vara nyttigt. Eller rymdes inte muskler nog i dem till att sträcka upp den långa ryggraden? Alla riktigt långa var även magra, som om gudahänder gripit tag i en liten fetknopp och tänjt ut honom.

Den här uttänjda fetknoppen bar en träningsoverall, grön med vita revärer och något slags klubb- eller firmamärke tryckt i svart på vänstra bröstet. Han hade inte kroppshydda nog till att fylla ut overallen annat än på höjden. Den hängde säckigt på både överkropp och armar. Det såg lite löjligt ut, som om butiken lurat på honom flera nummer för stora kläder – hur det nu kunde vara möjligt.

Samma borde gälla för gymnastikskorna, som han

tydligen inte känt sig manad att lämna vid ingången. Att sådana skostorlekar alls fanns i produktion förvånade Leo. De såg ut som clownskor.

Mannens kropp var verkligen i många stycken som en skämtteckning, men ansiktet och framför allt ögonen var av sådan art att det inte skulle falla Leo in att skratta.

14

"Så det är du som är Leo", konstaterade mannen och sträckte fram handen. Rösten var djupaste bas, så dov att den kändes mer i magen än i öronen. "Gunilla har berättat mycket om dig. Det var trevligt att få se dig. Själv heter jag Gunnar."

Handen var lika väldig som resten av kroppen, huden torr och sval, grov som läder. På ringfingret satt en stor klackring. Han skakade inte handen, men kramade Leos med sådan kraft att det kändes som om den skulle lossna från handleden.

"Jag ser att det regnar ute", fortsatte han efter att ha behållit sitt grepp en god stund längre än Leo trott sig kunna uthärda.

Leos hår var dyblött. En och annan droppe föll fortfarande från luggen och vätan hade fått stora delar av jackan att mörkna. Han kände fukten tränga inpå huden och kyla ner den.

"Som spön i backen", svarade Leo och försökte låta bli att möta mannens påträngande och samtidigt dunkla blick. Han krökte högerhandens fingrar upprepade gånger för att pumpa liv i dem.

"Då var det tur att jag tog bilen."

"Jag trodde du joggade hit." Leo nickade mot den gröna träningsoverallen.

"Det brukar jag göra."

Leo försökte föreställa sig denne gigant fara fram över promenadvägarna, stånkande och viftande med armarna. Det borde skrämma slag på de mest förhärdade människor.

Han gjorde ingenting åt tystnaden som följde, tittade bara åt annat håll men kände kliande tydligt hur mannen granskade honom uppifrån och ner.

Gunilla höll sig undan och låtsades vara helt uppslukad av radiosamtalen. Hon småpratade med en av de unga grabbarna, som skyndat sig att ta Gunnars plats. Grabben hade en lätt rodnad på kinderna. Leo undrade om den kom sig av radiokommunikationen eller Gunilla.

Leos blick vandrade vidare när den inte lyckades fånga Gunillas och fastnade på en TV strax bakom den rodnande ynglingens plats. Skärmen var svart, på TV-apparaters flimrande grådaskiga vis, med undantag för ett enda ord i vita bokstäver i dess övre vänstra hörn:

Ready.

Leo undrade vad den uträttat och vad den över huvud taget hade bland radioutrustningen att göra. Intill den låg ett smäckert tangentbord i benvit plast. På ett eget litet hjulförsett bord bredvid stod en gammaldags teleprinter, med rosa hålremsa i ett fäste på sidan och en dryg meter fullskrivet papper hängande från valsen.

Leo blev innerligt nyfiken på vad där kunde stå skrivet. Han hade ingen chans att se från sin plats men kände sig inte heller hågad att slinka förbi den långe mannen för att se efter.

"Hör du Leo", återtog mannen och lade sin väldiga hand tungt på Leos axel, "vad sägs om en kopp kaffe ute i pentryt? Jag kan inte påstå att det är särskilt gott, men du kan vara säker på att det är starkt nog att väcka de döda."

"Ja, varför inte?" svarade Leo fast han skulle kunnat komma med hundra invändningar. Mannens invit lät i hans öron mest som ett hot – vad var han egentligen ute efter?

Gunnar hade inte överdrivit om kaffet. På en över-ansträngd liten elbryggare i det minimala pentryt direkt till vänster om ytterdörren stod en kanna halvfull med rykande tjära. Leo fick en plastmugg i handen och skyndade sig att säga stopp. Han tog fler sockerbitar än rimligt för en så liten skvätt och hoppades att det skulle göra häxbrygden drickbar.

Efter det första försiktiga läppjandet beslöt sig Leo för att bara hålla i muggen och låta innehållet vara.

"Får man röka här?" undrade han, mest för att han behövde ta sig något för med den fria handen. De hade slagit sig ner på varsin knastrande pinnstol i tamburen.

"Helst inte, hör du du, om du ursäktar. Ventilationen är så förbannat undermålig."

Då blev Leo verkligt röksugen och cigarrettpaketet praktiskt taget ropade högt från jackfickan. Han fick ta några djupa andetag och försöka tänka på annat.

Med häpnad och vämjelse åsåg han hur Gunnar i god fart tömde sin mugg. Där Leo satt och sneglade slog det honom att det var något bekant över Gunnars skarpa ansikte. Han hade sett det förr men kunde inte komma på var. Kanske de bara passerat förbi varandra då och då på gångvägarna i kvarteret – Leo makligt strosande och Gunnar i hurtig joggning, vilket sannerligen borde ha fastnat i minnet.

"Hur var det nu, Leo, med det som Gunilla sa om dig? Hon hade en hel del på hjärtat."

Gunnar försökte verkligen låta förtrolig, rent av broderlig, men den mullrande basen gjorde det omöjligt. Rösten lät i stället som ekot från djupa källarvalv. Leo gjorde en oförstående ryckning på axlarna.

"Inte vet jag. Vad har hon sagt om mig?"

"Kan du inte gissa det?"

"Nej", ljög Leo och skakade på huvudet.

"Jag vet inte om Gunilla nämnde det, men jag är distriktsläkare på vårdcentralen nere i centrum. Du kanske har sett mig där?"

Aha, tänkte Leo och kände hur han instinktivt slöt sig, som sniglar drar ihop sig när man petar på dem. Det var där han sett honom. En läkare! Vad hade Gunilla ställt till med?

Hon hade naturligtvis inte trott ett ord han sagt, inte begripit annat än hur övertygad han själv var om att allt han berättat verkligen hänt. Först nu slog det honom hur orimliga kvällens händelser måste te sig för andra. Att han skulle ha fallit från sitt fönster, sju våningar upp, och landat lika lätt på asfalten som frön från en maskros.

Leo återkallade i minnet Gunillas ansiktsuttryck när hon lyssnat till hans ordflöde uppe i lägenheten nyss. Ett uttryck av förfäran, naturligtvis, och sorg. Hur kunde hon tro annat än att Leo fullständigt förlorat förståndet?

Han förbannade sin egen hänförelse, som hindrat honom från att inse det uppenbara. Det som hänt honom var ju lika fantastiskt som att ha skakat hand med Gud – hur skulle någon kunna tro på det? De flesta skulle knappast bli övertygade, om det så hände dem själva.

Inte undra på att Gunilla haft bråttom med att släpa iväg med honom till en läkare! Vilken chock det måste ha varit för henne att höra honom ogenerat deklarera att han kunde flyga – utan vingar, utan att ens flaxa med armarna.

Varför hade han inte hållit käft?

”Du har sagt saker som verkligen gjorde Gunilla orolig över hur det är fatt med dig. Något om att du trillat ut genom fönstret hemma, eller hur?”

Leo ryckte på axlarna igen. Hjärnan svämmade över av fasor för vad som kunde hända. Skulle de låsa in honom på något hospital och proppa honom full med lugnande tabletter, sätta honom att lägga pussel och vara med i ångestladdade terapiövningar där den förste att skrika som en stucken gris fick en klapp på kinden? Skulle de skriva kilovis med akter och dryfta honom på långa sammanträden, där alla utom han själv fick komma och yttra sig, eller registrera honom som femfemma i datorerna, förklara honom evigt omyndig och låta det bero därvid?

Leo ville inte säga ett endaste ord som kunde göra knippan värre.

”Du hade påstått att du inte alls föll pladask till marken”, fortsatte Gunnar med tilltagande skärpa, ”utan svävade som en fjäder. Det hade du tydligen berättat för Gunilla på fullaste allvar. Att du flög!”

Leo spanade med innerlig längtan mot dörren. Kaffemuggen brände i fingrarna, men han kom sig inte för att ställa den ifrån sig och vågade inte heller ändra greppet. Då skulle han säkert spilla hett kaffe på byxorna eller tappa muggen.

"Kan du flyga, Leo? Tror du verkligen det?"

Tystnad.

"Titta på mig, Leo!"

Leo lydde och lät blicken falla rätt in i de dunkla ögonen mitt emot honom. Gunnars ansiktsuttryck blev allt skarpare, likt rakblad och laserstrålar. Pannans rynkor, det välansade svarta skägget, den smala och krökta näsan, de tunna blodlösa läpparna.

"Flög du verkligen? Svara på min fråga!"

Leo knep ihop käkarna så hårt att det knakade i tänderna. Vad kunde han göra för att komma undan, hur skulle han svara? Efter många hjärtslags stegrade spänning slank det ur honom:

"Jag vet inte."

Leo tittade bort. Gunnars ögonbryn kröktes ytterligare några millimeter och han gav ifrån sig en missbelåten grymtning.

"Vad var det då som hände?"

"Jag föll." Leo önskade att han aldrig öppnat munnen.

"Sju våningar? Utan minsta skada?"

Leo bara nickade.

"Hur gick det till då, tror du?"

Han ryckte på axlarna. Gunnar lutade sig tillbaka, vilket fick stolen att knaka högt som om den skulle spricka upp i småflis. Han släppte inte Leo med blicken.

Leo kunde bara vänta. Han skulle inte ha känt sig obehagligare till mods på en iskall toalettstol. Hur skönt vore det inte att kunna sitta lika avspänt som katter gör! Stolt och onåbar – i timmar, om så krävdes. Men Leo fick kämpa som en besatt för att inte rycka till i spasmer eller skruva sig som masken på kroken. Huden kliade från hårbotten till fotsulor. Han måste behärska sig, måste härda ut tills läkaren med det groteska utseendet var klar med förhöret.

"Du vet att det är helt omöjligt, eller hur?"

Leo nickade, mest för att äntligen få röra på sig.

Det såg nästan ut som om ett litet leende lekte på Gunnars läppar, men hölls tillbaka. Leo rodnade och kände sig sårad, hånad. Värme steg i magen och bröstet, han höll på att bli förbannad. Med vilken rätt tog den där mannen sina mentala skamgrepp på honom? De satt inte på vårdcentralen nu och den gröna träningsoverallen var ingen läkarrock. Med vilken rätt?

Leo smakade innanför de slutna läpparna på en oförskämd fras att spotta ur sig. Han ville svära högt åt läkaren och sedan raskt tåga ut genom dörren. Det kröp i benen av iver. Han blev tryggare nu, när beslutet växte sig starkare. Så fort Leo fick nog skulle han göra precis så och strunta blankt i följderna.

"Vet du vad jag tror?" fortsatte läkaren då de suttit en lång stund i en slags kraftmätningstystnad. "Du är inte mer eller mindre förvirrad än vilken människa som helst, Leo."

"Tack för det", muttrade Leo till svar.

"Jag tror att du har hittat på alltihop, för att göra dig själv lite märkvärdig i både dina egna och Gunillas ögon. Det är en dröm, det där med flygandet, och du har bara låtit fantasin skena iväg med dig. I själva verket vet du lika väl som alla andra att det är omöjligt. Men det vore ju underbart. Så du prövar drömmen med en liten lögn, på samma vis som småbarn ofta gör."

Gunnar nickade några gånger, mest för sig själv.

"Ja, så är det. Du skrämde upp Gunilla en hel del, men hon borde inte vara orolig – du bara hittar på. Det ska jag förklara för henne, om du inte föredrar att göra det själv."

Leo kände hur käkmusklerna knöt sig och ögonen smalnade. Vad han fick stå ut med!

"I och för sig är det mänskligt att kasta ur sig sådana vansinnigheter, när man verkligen behöver komma bort från den grå vardagen. Barn gör det hela tiden. Men en vuxen människa, Leo, borde ha bättre omdöme – i synnerhet mer vett än att skrämma slag på sin omgivning med sådana fantasifoster. Låt gärna fantasin flöda men trassla inte in den i verkligheten, som är nog så komplicerad ändå. Jag tycker allt du ska tala om för Gunilla att du lät inspirationen fara iväg med dig. I själva verket föll du aldrig ut genom fönstret och har aldrig svävat på annat sätt än kanske ibland på små moln av lycka, som alla vi andra. Du hittade på allt det där och det måste du erkänna!"

Han tystnade för att orden skulle sjunka in. Leo kämpade så med sin rodnad att ögonen började tåras, vilket gjorde honom ännu mer förtvivlat ursinnig.

Han kunde inte begripa sin känslighet för dessa för-
ödmjukelser, så mycket övning som han ändå fått genom
åren. Hur många gånger under hela uppväxten hade han
inte fått utstå förnedring från en oförstående, självgod
omvärld som alltid tyckte sig veta bättre – oftast utan att
ens försöka förstå.

I yngre år brukade han reagera mycket snabbare
och ganska våldsamt – sparkade, spottade, svor och
slog vilt omkring sig. Det lät sig inte göras nu. Men nog
borde han ha vant sig efter alla år? Ändå kokade blodet
i ådrorna, stämbanden kliade av lust att ryta och musk-
lerna darrade på sina ställen.

"Vad svarar du på det?" avslutade Gunnar utman-
ande.

Leo ägnade flera långa sekunder åt att lägga band
på ilskan och mumlade sedan mellan tänderna:

"Okej. Kanske det, om du säger så. Okej, gärna för
mig."

Gunnar log faderligt, överlägset, någorlunda vän-
ligt.

"Då så. Då var den saken ur världen."

Leo reste sig från stolen och plockade fram skorna. Gun-
nar betraktade honom med betydligt mindre frenesi i
blicken och stödde hakan i handen. Även den lilla rörel-
sen fick stolen att knarra. Den måste när som helst braka
ihop under honom, tänkte Leo.

"Har du hört historien om Ikaros?" undrade Gun-
nar.

"Nej."

Leos svar var avfärdande och han stod kvar med ryggen vänd mot Gunnar, vilket inte alls hindrade mannen från att fortsätta.

"Det är en saga från det antika Grekland, gott och väl ett par tusen år gammal." Gunnars röst fick en mjukare ton, kanske rentav drömmande. "På ön Kreta, berättas det, byggde en gång en uppfinnare vid namn Daidalos en väldig labyrint åt öns kung. Alla fångar som släpptes in där gick hopplöst vilse och svalt ihjäl. Ingen kunde hitta ut ur Daidalos labyrint och kungen prisade honom. Men sedan hade Daidalos det dåliga omdömet att hjälpa drottningen para sig med en tjur."

"Det var kanske inte så förståndigt", sa Leo och ett litet leende for hastigt över läpparna.

"Därför placerades han själv i labyrinten, tillsammans med sin son, och visste lika lite som någon annan vägen ut. Men Daidalos var inte tappad bakom en vagn, förstår du. Med fågelfjädrar och vax gjorde han vingar åt sig och sin son, så att de skulle kunna flyga därifrån. Innan de lyfte varnade han dock sonen, som hette Ikaros, för att lyfta för högt upp i skyn. Då kunde han komma så nära solen att vaxet skulle smälta och vingarna brista sönder."

"Solen?" slank det ur Leo. Han såg den intensiva ljusgloben framför sig.

"Ja. Men när de väl lyft och flugit ut från ön, bar det sig inte bättre än att Ikaros i sin förtjusning började flaxa frenetiskt med vingarna och stiga allt högre upp i luften."

"Det kan man verkligen förstå! Vem skulle inte göra detsamma?"

"Han glömde helt sin fars varning och kom snart så

högt att solens strålar smälte vaxet. Ikaros föll ner i havet och drunknade."

Leo gav ifrån sig en fnysning.

"Inte ens i sagans värld får man ostraffat nå så högt", muttrade han.

"Det beror väl på hur man gör det."

"Varför måste världen vara grå? Varför ska allt riktigt fascinerande vara tabu? Det är det enda man får lära sig, det enda det tjatas om, igen och igen: Håll dig på jorden!"

"Men världen är inte grå för det, Leo", sa Gunnar med ett leende som skulle vara varmt, förmodligen också tröstande. "Även om man accepterar naturlagarna kan livet vara fyllt av glädjeämnen. Ska det vara så svårt att inse? Vi har våra sinnen, våra tankar och känslor – ska inte det räcka? Att vara realist måste inte alls betyda att man har tråkigt."

Leo sneglade på den magre läkarens dystra uppenbarelse och tänkte att den rimmade illa med sådana ord av tröst. Gunnars leende verkade så främmande och ovant på honom att det kunde vara lånat från ett helt annat ansikte.

"Jag kan inte förstå alla de människor", fortsatte Gunnar med eftertryck, "som måste skapa sig övernaturligheter för att stå ut med verkligheten. Är inte tillvaron rik nog ändå, utan att man behöver hitta på en mängd myter om den?"

"Är det säkert att alltihop är bara myter?"

Gunnars leende ändrade karaktär en nyans till att bli mer farbroderligt överlägset. Det passade hans ansikte bättre.

"Ja, det är säkert", svarade han. "Alldeles säkert."

Leo ryckte på axlarna och tryckte upp ytterdörren. Han kastade en hastig blick inåt lokalen, men kunde inte se en skymt av Gunilla. Gunnar sträckte fram handen och Leo lät åter, med ett sting av ångest, sin egen hand slukas av den.

"Akta dig nu, Leo, för att gå samma öde till mötes som Ikaros. Håll dig på jorden i stället, så ska du säkert upptäcka att den räcker till för att ge all lycka du kan önska. Kom ihåg – inte för nära solen!"

Leo höjde huvudet och lät blicken fångas av Gunnars dunkla ögon, denna gång utan känslan av att fastna där. För första gången under deras samtal dök nu ett befriat, helhjärtat leende upp på hans egna läppar, med stöd djupt inifrån och utan minsta tvekan. Plötslig glädje, en hårsmån från gapskratt. Friskt kall och doftande nattluft slank in genom dörröppningen.

"Det är ingen risk", svarade han. "Jag flyger bara på natten."

Leo gick.

Lördag

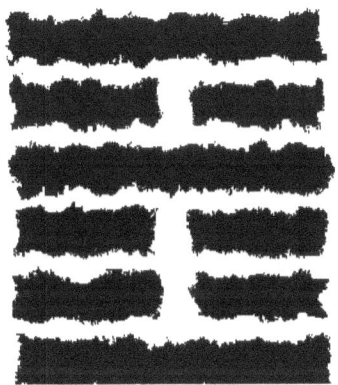

Den 5 november 1983

15

Leo slog upp ögonlocken och tittade rakt in i ett hårigt ansikte med vidöppna, klotrunda ögon.

Det var katten, som lagt sig bekvämt tillrätta mitt på hans bröstkorg och spann högt och ihärdigt. Med dess huvud bara en dryg decimeter från hans ansikte var Leo förvånad över att inte ha blivit ett dugg skrämd, så här i uppvaknandets första ögonblick. Trots de klassiska rovdjursdragen, tigerrandig päls och glimmande ögon, fanns ingenting hotfullt över kattens utstrålning.

Leo drog med viss möda fram en domnad hand från täckets undersida och lade den på kattens skalle. Den spann genast ännu högre, blundade och tryckte sitt huvud mot handflatan.

Drömmen som Leo just vaknat ur trängde sig på, fastän svårgripbar. En hastig följd av scener, på flykt undan medvetandets granskning. Han fick slappna av och försöka sjunka tillbaka en bit in i drömmens värld, för att få ordentligt grepp om den. Det var inte svårt. Fast han sovit ganska länge vore det lätt att åter sjunka bort.

Men drömmen hade varit speciell, han ville inte låta den gå förlorad – inte heller genom att somna om. Leo lät blicken glida till taket. Det var halvdunkelt i rummet och gardinerna var ordentligt fördragna. Ljuset var så svagt att det inte alls sved i ögonen. En vilsam stämning rådde. Leo kände hur tankarna tunnades ut.

Plötsligt fick han fatt i ett fragment av drömmen, mycket nära att helt och hållet falla in i den på nytt. En hisnande scen dök upp för hans inre syn. Mycket hade föregått den, som han bara anade, men det var här Leos minne fastnat.

Han befann sig på taket till sitt eget hus, platt och täckt av svart tjärpapp. Fötterna vilade alldeles vid kanten, i hörnet som vette mot Jordbro och Västerhaninge. Framför honom bredde landskapet ut sig med vägnät, kringskurna skogsplättar, bensinmackar, fabrikshus i korrugerad plåt, fotbollsplanerna och simhallen. Bakom honom låg Brandbergens många höghus. Luften var frisk och en behaglig vind rufsade om i håret. Han tog flera djupa andetag.

Då hördes buller bakom honom, från den bastanta plåtdörren till farstun. Upphetsade röster, snubblande steg, nävar som bankade i plåten. Dörren flög upp och en mängd människor strömmade ut rakt mot honom. De hade vilt uppspärrade ögon och armarna i vädret.

Han kände igen många ansikten, allihop förvridna i ilskna grimaser. Hans far fanns där, en av de främre i hopen, och hans mor skymtade längst bak. Även Leos syskon, kusiner, far- och morföräldrar och andra släktingar, flera av hans gamla lärare och klasskamrater. Var det varenda person han någonsin lärt känna?

Allt fler trängde sig genom dörren ut på taket och skyndade mot Leo.

"Stoppa honom! Stoppa honom!" ropade de med röster sprakande av vrede. "Håll fast honom!"

Leo drog ännu ett djupt andetag och vände dem ryggen. Blicken fastnade på en ensam stjärna i himlavalvets höjd. Den lyste klar och skarp trots det solstrålande dagsljuset. Han hörde hopen komma allt närmare, skramlande som skrotbilar, men kände ingen rädsla och tog inte för en sekund blicken från stjärnan högt däruppe.

Himlen mörknade, blev djupare blå. Skuggor gled fram och täckte marken. Leo lyfte foten och tog ett steg ut från kanten.

Mängder av händer sträcktes mot honom men nådde inte fram. Leo hade hamnat i fria luften, någon meter från husväggen, men föll ändå inte. I stället lyfte han, svävade sakta uppåt i riktning mot den ensamma stjärnan.

Han skulle dit!

Leo accelererade med sådan kraft att det drog på gränsen till smärtsamt i kroppen. Stjärnans lilla ljuspunkt ökade i styrka tills han blev blind för allt annat. Leo for som en laserstråle genom rymden. Långt över Brandbergen, över Sverige, hela jordklotet. Omringad av svart, stjärnpudrad rymd, över väldiga avstånd for han. Fortare och fortare, rakt mot den tindrande stjärnan.

Någonstans där hade han vaknat, alldeles yr.

Nu låg han på rygg i sin säng i sovrummets halvdunkel, med katten vilande på bröstkorgen. Leo gnuggade gruset ur ögonen. Tankarna kretsade runt den sköna drömmen. Så brukade han inte flyga i sina drömmar. Det här var något nytt och han undrade vad det kunde bero på.

Då mindes Leo i ett svep den föregående kvällens

alla märkliga händelser – solnedgången och fallet, hop-pövningarna i simhallen. Blodet pumpades hastigare i ådrorna och han blev ivrig att komma upp.

Men inte utan ångest. Leo hejdade sig.

Här var avgörandets stund. Ingen tvekan om det. Han hade somnat ifrån den makalösa kvällen, sovit en natt och vaknat igen. Nu gällde det. Nu var avgörandets stund. Skulle underverket finnas kvar eller hade det flytt honom under natten? Skulle han även idag kunna sväva?

Om så vore, om det även idag var möjligt att förbry-ta sig mot tyngdlagen, då visste Leo att det var orubblig verklighet. Om inte – då ville han inte leva mer.

Katten betraktade honom med ett uttryck av vänlig nyfikenhet, lade huvudet lätt på sned och spann så det stockade sig i halsen.

"Okej, katt", mumlade Leo med tjock morgonröst. "Vi gör väl ett försök."

Leo brukade aldrig äta någon frukost. Kanske var han så konstruerad att magen vaknade sist och att han därför sällan kände sig hungrig förrän några timmar efter att han stigit upp, hur länge han än sovit. Den här dagen fanns absolut ingen ro till att brygga te eller tugga på smörgåsar. Ett glas kallt vatten och en cigarrett var allt han gav sig tid till.

Därför dröjde det inte många minuter förrän Leo sköt upp porten och klev ut i den ruggiga novemberluf-ten.

Det var nära middagstid. Ändå blev han alldeles överraskad av att känna solens strålar sticka i ögonen.

Den stod högt på en disig himmel, som en strålkastare i dimma.

Leo stannade upp och frågade sig varför han blivit så överraskad. Efter några sekunder kom han ihåg hur övertygad han varit kvällen innan om att solen aldrig mer skulle gå upp. Han hade tagit plats i fönstret i förvissning om att få bevittna den allra sista solnedgången och ta farväl för gott av själva solen.

Men här var den, naturligtvis. Hur hade han kunnat föreställa sig något annat? Det var ju självklart att solen inte dog för att dagarna blev kortare, det visste varenda människa.

Ändå rådde uppriktig förvåning i Leos huvud. Hur han än resonerade med sig själv stod det klart att han skulle ha blivit betydligt mindre förundrad av att kliva ut till ett evigt mörker. Men solen visade sig ännu en dag och strålade av väldig styrka, som uppenbarligen skulle räcka till tusen sinom tusen ytterligare skymningar och gryningar.

Nå, för Leo var detta i alla fall den första dagen i ett nytt liv – eller, om miraklet var ohjälpligt över, den allra sista.

Leo förfördes av ljuset och sin vaknande energi. Snart kände han samma flödande lycka som kommit i drömmen, när han tagit sikte mot stjärnan. Susande, berusande, översvämmande. Han skulle ha raglat som en drucken om han försökt att gå nu. I stället stod han stilla och alldeles rak. Solstrålarna hade snart bränt bort all oro.

Med halsen sträckt och blicken vänd mot den ljusa himlen kände Leo hur fötterna sakta lättade från asfalten.

16

Blekt middagsljus strilade in genom persiennernas springor. Ljuset var disigt, som om sovrumsluften fyllts med rök, och skuggorna nästan osynliga. Det susade svagt från friskluftsventilen under fönstret. I övrigt rådde tystnad. Patrik började nynna utan att själv märka det, kanske för att fylla ut tystnaden.

Han satt på den himmelsblå heltäckande mattan i sin lika blå pyjamas, med benen i kors och ryggen så långt framåtböjd att hakan inte var mer än en decimeter från att slå i golvet. Melodin han nynnade var den enkla basgången till Jan Johanssons version av *Visa från Utanmyra*, fyra toner om och om igen. Patriks ljusa röst gjorde basen till sopran, så tystlåten att den omöjligt kunde höras förbi springan i den svagt gläntande dörren till hallen.

Han satt och petade i en slingrande kedja av fallna dominobrickor, som låg utsträckt över en god bit av golvet. Ibland ställde han upp några brickor – fingrarna hanterade dem med vana och snabbhet, så ung han var – men stötte omkull dem innan de nått ens en halvmeter. Sedan sträckte han ut armarna och gjorde en ansats till att skrapa ihop alla brickor i en stor hög. Inte heller det blev fullbordat.

Då tog han en handfull brickor och kastade dem en och en mot den påbörjade högen, med samma stillhet som man kan sitta på en brygga och släppa småsten i vattnet. Han gav noga akt på hur brickorna i högen rubbades vid varje träff.

Snart hade han tröttnat även på det och öppnade näven, så att de återstående bitarna föll rakt ner.

Några minuter stod Patrik ut med att sortera brickorna efter antalet svarta prickar på de märkta sidorna. Därefter staplade han dem ovanpå varandra till små bräckliga pelare. Patrik började bli så ostyrig i fingrarna att staplarna inte nådde högre än en decimeter innan de rasade. Han vände ansiktet från dem och släppte ur sig en suck. Han nynnade inte längre.

Patrik tittade mot dörröppningen, lyfte ögonbrynen och tryckte ihop läpparna så att de vändes inåt. En ny suck.

Efter att ha suttit en stund i skärpt väntan med blicken sträckt förbi dörrspringan, som om något ljud fått honom att lystra och vänta på nästa, kom han till beslut och reste sig.

Morgontidningen låg kvar nedanför brevlådan i hallen. I köket stod disken från gårdagskvällen orörd. Inget vatten puttrade i kaffebryggaren.

Det var lördag, visste Patrik. Varken daghem för honom eller arbete för hans mor. De brukade kliva upp ganska sent och slösa på förmiddagstimmarna, men aldrig blev de så sena som nu. Det var mitt på dagen och inte ett ljud från Marianne. Patrik smög sig försiktigt mot vardagsrummet.

De hade båda sina sängar i sovrummet, men det hände då och då att Marianne bäddade ner sig i soffan i vardagsrummet – ibland för att inte störa Patrik om han redan somnat, ibland av andra skäl.

Den gångna natten hade hon lagt sig där redan innan Patrik kommit i säng. De hade druckit choklad, tittat på TV och lagt dominobrickor under några ovanligt tystlåtna timmar. Sedan hade Marianne förklarat att hon var trött och behövde vila, att han kunde sköta sig själv och skulle försöka vara tyst. Patrik hade känt hennes dysterhet tydligt och smittats av den. Han hade lämnat henne i fred.

Skulle han våga väcka henne nu? Efter så lång sömn måste hon väl vara på gott humör, inte längre så sorgsen.

De brukade alltid hitta på saker på lördagarna. Vandra till Tyresta by och äta våfflor i kaffestugan där, ta bussen till stan och promenera i varuhusen, ibland gå på biomatiné. Men då måste de snart komma upp och få i sig frukost, innan kvällen var alltför nära.

Lördagskvällarna fick Patrik nästan alltid tillbringa hos sin mormor och morfar, för då åkte Marianne på diskotek. Hon kunde vara borta hela nätterna, så Patrik fick sova över hos dem. Han tyckte inte riktigt om det och morföräldrarna verkade känna detsamma. När Marianne kom och hämtade honom på söndagseftermiddagarna var hon väldigt munter och rar mot honom, men det kändes ändå inte bra.

Så lördagen var viktig, den fick inte gå förlorad.

Patrik smög försiktigt fram till öppningen mot vardagsrummet och kikade in.

Marianne låg utsträckt i soffan, med den skotskrutiga filten över sig och ena armen slappt hängande över kanten. Ansiktet var vänt in mot rummet, i kraftigt ljus från fönsterväggen mot balkongen. Hon var vaken.

De vidöppna ögonen stirrade tomt mot bortre långväggen och munnen var halvöppen, som om hon var på väg att säga något. Inga ord kom. Hon verkade inte se vare sig Patrik eller något annat.

"Mamma", yttrade han försiktigt, "sover du?"

Det dröjde en stund innan Marianne vände blicken mot honom och sakta skakade på huvudet. Hon såg varken arg eller ledsen ut, bara frånvarande. Patrik tyckte det var obehagligt, han kunde inte få någon riktig kontakt med den avlägsna blicken.

"Ska vi inte äta frukost?"

"Snart, Patrik." Rösten var dov och släpig.

"Jag är hungrig."

"Ja, ja. Jag kommer snart." Marianne vände åter blicken mot väggen och det var som om hon aldrig lagt märke till honom, som om hon fortfarande sov och i drömmen befann sig på någon helt annan plats.

Patrik suckade och knep ihop läpparna. Han stod kvar alldeles stilla vid ingången från hallen. Här fanns ingen matta. Golvet kylde hans bara fötter. Patriks blick följde Mariannes och stannade på det lilla fönstret på långväggen.

Det snöade ute! Han skyndade fram och tryckte

näsan mot den kalla rutan. Imma bildades under näs-borrarna.

Himlen var fylld av stora snökristaller, som lång-samt seglade mot marken. Den första snön! Patrik var hänförd. Oändliga mängder av de vita flingorna svä-vade genom varje liten bit av utsikten. Långt upp och långt bort var allting helt vitt, men marken nedanför och gaveln på huset intill såg han klart.

Inte bara snön och hela himlen var vit. Runt hushör-net kom en ung man sakta skridande fram genom snöfal-let. Han hade blont hår och var klädd i vitt från topp till tå. Patrik hade sett honom förut. Han gick lika lätt över marken, tyckte Patrik, som båtar glider på vatten.

"Patrik!" kom Mariannes röst plötsligt och ange-läget.

"Ja, mamma?"

Han vände sig hoppfullt om, men hon blickade förbi honom och ut genom fönstret.

"Jag ser inte härifrån", fortsatte hon med rynkade ögonbryn. "Säg mig, är fönstret fortfarande öppet?"

Patrik tittade ut mot grannhusets långa fasad med alla rader av fönsterrutor. Snöfallet dolde den bortre gaveln men han kunde se nästan ända dit.

"Vilket fönster?"

"Allra högst upp, rakt ovanför den första porten. Det fjärde fönstret härifrån räknat. Är det öppet?" "Nej."

"Är du säker?"

Patrik nickade. "Alla fönster är stängda. Alla jag kan se."

"Redan!" sa Marianne mörkt. "Vad är det för värld man lever i?" Hon vände ansiktet mot taket och blundade. "Fy fan! Redan sopar de igen spåren. Vad är det här för en värld?"

Patrik blev kall. Snöfallet skänkte inte längre någon glädje.

17

Leo satt naken på golvet, praktiskt taget omslingrad av en gigantisk monstera. De djupgröna bladen, vart och ett stort nog att gömma huvudet bakom, var uppskurna på monsterors vis. På båda sidor om varje blads mittlinje löpte en rad av fingertoppsstora hål, som Leo hört var tecken på att plantan mådde bra. Men storleken var starkare bevis i hans ögon.

Den centrala stammen var grov som hans egen underarm och kors och tvärs slingrade sig långa luftrötter. Växten sträckte sig från sin kruka över halva balkongfönsterväggen.

Dagsljuset, som flödade in genom rutorna, var för disigt för att rista skarpa skuggor men det blekte alla färger. Även Månssons spräckligt färgglada skjorta såg närmast dammig ut. Däremot gnistrade hans ögon på ett sätt som Leo annars bara sett hos sin nyfunna katt.

Månsson spände blicken med besatthet i motivet bakom tavlan – Leo i monsterans famn. Penseln gnuggades kors och tvärs över duken, utom synhåll för Leo när den inte dök ner på paletten för att hämta ännu en färgklick. Månsson arbetade med sådan frenesi att Leos respekt växte. Det måste finnas begåvning bakom denna energi, tänkte han.

Annars tog de flesta vännerna Månssons ambitioner

med ro och tyckte att även om han förvisso var minst sagt originell, utgjorde det ingen garanti för att han var en riktig konstnär. Sedermera skulle han väl lägga penslarna på hyllan och skaffa familj och jobb, som alla andra.

Nu var Leo inte längre så säker på det. Han hade suttit modell för Månsson en och annan gång genom åren, men aldrig förr märkt denna nästan desperata glöd i ögonen och handens snabba balett över duken. Det fick Leo att strunta i en bladspets som kittlade ryggen och all olust i att sitta naken på det kalla parkettgolvet.

"Växter har precis lika mycket liv som människor och djur", hade Månsson sagt. "Kryp ihop under bladverket och låt era andar blandas. Monsteran kommer att omslingra dig med sin kraft, sin rena livsenergi, eftersom det tar den för lång tid att göra det med stjälkar och blad. Gör på samma sätt du. Slappna av och försök att omsluta hela växten med din energi. Jag lovar att det är en helt unik upplevelse!"

"Har du gjort det?"

"Många gånger. Hur tror du att den växt sig så stor?"

Leo satte sig tillrätta där bladen hängde som tätast, inte helt säker på hur allvarlig Månsson egentligen var, och försökte göra som han blivit instruerad.

"Känner du?"

"Lugn", sa Leo. "Låt mig försöka."

"Du behöver bara öppna dina porer för växtens energiflöde, dess psi, ungefär som när man tar djupa andetag genom näsborrarna. Som när blicken sjunker in i en ädelstens dunkla innanmäte. Försök sedan att själv skölja över den med din inre värme, om du förstår vad jag menar. Gör den för ett ögonblick till något du älskar högt över allting annat. Resten går av sig själv."

"En barnlek", mumlade Leo med ett ironiskt leende.

Till en början kände han ingenting annat än hur löjlig situationen var, där han satt naken i en enda krukväxts lilla djungel. Dessutom fick Leo gåshud i den svala luften.

Ju mer han lyckades slappna av, desto fler blev intrycken. Snart tyckte han sig verkligen känna ett slags kontakt med monsteran, en kontakt av annan sort än bladspetsen i ryggen, som förresten slutade kittla.

Han blundade. Då blev det genast tydligare. Som om blodådrorna växte ut från huden och sög fast vid växten på hundratals ställen, för att vidga omloppet till dess ådring och blanda blodet med dess sav – innanför huden, tvärs igenom varje organ i kroppen. Leo blev varken kall eller varm, det var ett tredje tillstånd. Behagligt ljummen.

Snart glömde han allt annat och rycktes med i svindlande spiraler genom en mörk och samtidigt alldeles trygg rymd. Tiden saktade in, allting flöt. Kanske drömde han.

Det ringde på dörren. Leo ryckte upp ögonlocken i plötslig rädsla. Signalen skar som ett brandlarm i öronen. Så snart han såg klart försvann dock rädslan. Han var varm, lycklig, med kraft och livslust strålande från huden, som om hela kroppen tvättats med tvål och ångande hett vatten.

Leo ville skratta högt men hejdade sig när han fick

syn på Månsson, som satt tungt tillbakalutad i sin stol vid staffliet. Högerhanden hängde strax över golvet med fingrarna fastknutna runt penseln. Han tittade tomt på Leo och det såg ut som om han skulle till att gråta.

"Vad är det med dig? Varför målar du inte?"

"Jag vet inte", svarade Månsson mörkt.

Först ville Leo fråga hur det sett ut när växten och han slingrade ihop sina själar, men han hejdade sig. Månsson verkade för en gångs skull inte särskilt talför. Leo betraktade honom under tystnad.

En ny signal kom från dörren.

"Ska du inte öppna?"

Äntligen orkade Månsson resa sig och kliva ut till hallen. Leo passade på att klä sig i all hast, dra åt bältet hårt runt midjan och gå fram till tavlan.

Där var ett väldigt gytter av färger, linjer och antydda figurer, som om Månsson gått vilse på duken med sin pensel och förgäves letat efter vägen ut.

Här och där fanns bitar av bekanta ting – ett blad från monsteran, med skarpt markerad giftgaddsliknande spets, ett vidöppet öga som borde vara Leos fast han blundat hela tiden, slingrande luftrötter och terracottakrukans bleka rostfärg i nedre vänstra hörnet. Monsterans djupgröna färg verkade ligga som grund över hela duken, men Månsson hade blandat upp den med blått och brunt och rött i sådan mängd att det gröna bara på enstaka punkter trädde fram.

Allt var så hastigt målat att Leos puls ökade bara av att betrakta bilden. Den var ful men på något vis spännande och mycket frustrerande.

Från mitten på dukens nederkant hade ett nystan

av svarta linjer börjat breda ut sig. Leo gissade att det var det sista Månsson gjort innan han föll tillbaka i stolen.

Paletten, som låg på golvet bredvid staffliet, var täckt av gamla och nya klickar oljefärg. Där fanns en svart klick, stor och glänsande, ovanpå andra färger. Bredvid låg penseln slängd på tidningspapper, också den tjock med svärta.

Hela tavlan skulle säkerligen ha kvävts i svart gytter om Månsson inte avbrutits av sitt eget mörker och sedan av dörrsignalen.

Leo tände en cigarrett och sneglade på monsteran, vars blad och slingerverk bredde ut sig över fönstervägggen som för att våldta den. Han kunde fortfarande känna bladens beröring av hans nakna hud och flödet som funnits mellan dem. Det var lite grann som om de haft en hemlig kärleksnatt och nu sände varandra signaler av samhörighet.

Han måste le. Ett ögonblick var Leo frestad att kliva fram till monsteran och stillsamt kyssa ett av bladen. Han undrade hur det kunde kännas mot läpparna. Men då slog ytterdörren igen och Leo vände bort blicken från växten.

"Vem var det som ringde på?" ropade han ut mot hallen.

Ett ansikte dök upp runt hörnet och visade ett prövande leende.

"Det var jag", sa Gunilla och klev in till honom.

Leos min blev genast bister. Han mötte en kort stund hennes blick och vände sedan ansiktet mot monsteran. Gunilla behöll sitt leende så gott det gick och granskade tavlan på staffliet.

"Vad föreställer det?" frågade hon, med huvudet på sned inpå duken och glasögonen lyfta till pannan.

"En spya", svarade Leo kort. "Begagnad mat. Det ser du väl?"

Nu försvann Gunillas leende. Hon sneglade mot Månsson, som svarade med en helt oförstående min. Det föll honom inte in att ge henne ett riktigt svar på frågan.

Gunilla verkade inte heller vänta sig det. Hon tog ett varv runt vardagsrummet, petade lite bland de övriga dukarna, strök med fingret längs väggen, ställde då och då någon oskyldig fråga till Månsson och vände aldrig blicken i Leos riktning.

Månsson var den ende som led synligt av den stigande laddningen. Han kastade blicken mellan dem och sökte efter ord som kunde få dem att slappna av.

Leo stod med armarna i kors över bröstet och betraktade Gunilla halvt i smyg. Hon höll glasögonen i handen och petade med bågen på läpparna. Med långsamma och mjuka steg förflyttade hon sig över all bråte som låg spridd på golvet, mån om att ingenting rubba.

Vid balkongväggen stannade hon, tittade en stund på utsikten över en disig eftermiddagshimmel och de omgivande husen. Sedan föll blicken på Månssons ståtliga monstera och hennes fria hand sträckte sig mot ett av bladen.

"Varför bussade du den där doktorn på mig?" sa Leo skarpt.

Gunilla svängde runt och mötte hans mörka blick. Handen, som varit på väg mot monsterans blad, sjönk till midjan. I den andra gungade glasögonen långsamt fram och åter.

"Bussade på? Vad menar du? Var han kanske våldsam?"

"Du vet vad jag menar."

"Jag tyckte", förklarade hon efter en kort stunds eftertanke, "att du kunde behöva prata med en expert."

"Expert på vad då? Brukar han också trilla ut genom fönster?"

Gunilla kastade en hastig blick på Månsson, som skrynklade pannan i både oro och förvirring. Det var uppenbart att han hellre befunnit sig på någon annan plats på jorden.

"Har Leo berättat för dig också?" frågade Gunilla.

"Jag gör inte samma misstag två gånger", bröt Leo in, fortfarande med ovanlig skärpa i rösten. "Det får räcka med vad du ställde till med. Fan vet vad den där doktorn kan hitta på!"

"Ingenting, som du säkert har förstått. Han är övertygad om att du bara fantiserade."

"Du också. Du verkar vara säker på att jag har blivit galen."

Leos blick blev bara mörkare. Gunilla visste inte vad hon skulle säga. Han hörde inte på annat öra än ilskans och bitterhetens. Nå, det var väl lika så gott. Hon kunde i alla fall inte förmå sig till att hitta på något överslätande.

Slingrande rök från cigarretten stack Leo i ögonen, så han måste blinka och gnugga dem. Han tog ett sista bloss och såg sig om efter en askkopp. Gunilla drog in ett djupt andetag och satte på sig glasögonen.

"I ärlighetens namn, Leo", återtog hon med hastiga ord, "vad kunde du vänta dig? Vem i hela världen skulle tro på det du berättade? Förstår du inte vilken chock det var att höra dig? Har du blivit så snurrig att du inte längre kan skilja på möjligt och omöjligt!"

Några intensiva sekunder sög Leo på hennes ord, sedan sträckte han beslutsamt på benen och vinkade åt henne.

"Kom!" morrade han. "Kom, så ska du få se vad jag pratar om!"

Leo grep tag i Gunillas handled och drog henne med sig till hallen, satte på sig skor och jacka och klev ut i farstun. Gunilla kastade en blick på Månsson, som stod handfallen kvar i vardagsrummet och stirrade på dem.

"Vi ses!" hann hon ropa innan dörren slogs igen.

I hissen stod Leo alldeles stilla, andades djupt och verkade koncentrera sig helt på att försöka bli lugn. Han slöt ögonen och öppnade dem först när hissen stannade på bottenvåningen.

"Vad ska du göra?" frågade Gunilla utan att räkna med något svar. "Vart är vi på väg?"

Leo grep åter hennes handled, men inte alls lika hårt. De gick hastigt nedför slänten till den grusbelagda fotbollsplanen på södra sidan om Månssons hus och korsade den i riktning mot ett litet skogsparti. Det var inte mer än en vildvuxen täppa, några skamfilade tallar som fått bli kvar bland alla höghus.

Väl inne mellan träden släppte Leo taget om Gunillas arm och stannade.

Fortfarande var Leos läppar slutna. Han sträckte på

ryggen och lyfte ansiktet mot himlen. Den var disigt blek och mörknande, på väg mot skymning. Luften var kall och vindstilla. Snön låg inte tillräckligt tjock på marken för att täcka den mer än fläckvis, men hade ändå slunkit innanför Gunillas skor och började smälta.

Leo verkade ha glömt både henne och hela världen. Blicken var riktad rakt upp mot himlen, armarna hängde slappt efter sidorna och bröstet hävdes i djupa andetag. Hon kände att han blev lugn, som i trans, men i hennes kropp kröp oron.

En minut gick. Två. Leo visade inte minsta tecken på att lossna ur sin underliga pose. Vad hade han egentligen för sig?

Gunilla var innerligt tacksam för att inga andra människor syntes till, varken flanörer på gångstigarna eller barn som for runt bland träden. Hon såg inte ens något stirrande, stumt ansikte bakom husfasadernas alla fönsterrutor.

Hon undrade vad Månsson tänkte och hoppades att han inte skulle vara besviken på att hon låtit sig ryckas med utan mer än ett hastigt ord till avsked. Han kunde knappast begripa vad deras bråk gällde – och väl var det.

Där stod nu Leo rak och stel, nästan identisk med träden omkring dem. Vad väntade han på?

Det var tydligt att han sjunkit djupt inom sig själv, djupare än i tung sömn. Hon blev mer och mer övertygad om att han när som helst skulle falla ihop avsvimmad. Då upptäckte hon:

Fötterna hade förlorat kontakt med marken!

Var det möjligt? Han svävade stilla, några centimeter upp i luften, i exakt den raka ställning han först intagit. Blicken var bunden vid skyn, armarna hängde utefter sidorna.

Gunilla tittade om och om igen, blinkade och bet sig i kinden. Det verkade till och med som om han långsamt lyfte allt högre. Det skilde flera tveklösa centimeter mellan Leos skosulor och marken. Han svävade verkligen!

"Gud!" mumlade Gunilla med en flämtning. "Herre Gud, hur är det möjligt?"

Hon kände sig som vittne till ett helgerån, en absolut förbjuden handling, ett brott mot de högsta lagarna. Gunilla kunde inte andas, pulsen löpte amok, knäna sviktade så att hon fick ta stöd mot en vinterkall trädstam.

Gunilla blickade hastigt omkring sig. De var fortfarande alldeles ensamma. En liten bit över marken svävade Leo med ansiktet uppsprucket i ett brett leende. Hon visste inte om det kom sig av hennes förfäran, för nu tittade han rakt mot henne, eller den inåtvända lycka – lik en berusning – som han tydligt utstrålade.

Begrep han då inte vad han gjorde? Begrep han inte det oerhörda, det omöjliga!

"Sluta, snälla Leo!" bad hon med en högljudd viskning. "Kom ner innan någon ser dig!" Leo brast i skratt.

18

Fast det inte dröjt mer än en kvart sedan hon svalt tabletterna tyckte Marianne att det kändes som om de redan började verka. Huvudet var behagligt inlindat i bomull, armarna och benen blev tunga. Hon sjönk tillbaka i vardagsrumssoffan och lät sig tacksamt dövas.

Det är kanske inbillning, tänkte hon, som får dem att verka så snabbt. Läkare brukar ju skriva ut rena sockerpillren åt en del patienter, för att de egentligen inte behöver starka mediciner och för att människors stora tro på apotekens alla underliga preparat brukar räcka till. Marianne var ändå ganska säker på att hon fått äkta vara, framför allt för att pillret smakat så illa. Men det hindrade ju inte att effekten påskyndades just av att hon väntade sig den.

Hon hade annars svårt för piller. Det bar henne emot att ta till kemikalier för att komma tillrätta med olika krämpor. Det kunde inte vara nyttigt i längden. Dessutom gav de en dålig smak i både gom och mage. Ja, det var svårt nog att få ner dem. Andra människor kunde svälja piller stora som pingpongbollar, utan att det bekom dem. Marianne fick alltid göra flera försök och svälja mängder av vatten innan de minimalaste tabletter äntligen slank nedför strupen och fick magen att konstra sig.

Den här gången hade det i alla fall gått någorlunda lätt. I den rejäla ölbägaren på soffbordet var det mesta av vattnet odrucket. Burken med tabletterna stod bredvid. Det lilla runda plastlocket satt en smula på glänt.

Nu kände hon sig till och med behaglig till mods, lyfte prövande på högerhanden och fann att den fungerade, om än trögt. Känseln var dämpad och musklerna svaga, som om hon just vaknat.

Omkring henne var dock allting klart som korvspad. Möblerna, tapeternas mönster, den avstängda TV-apparaten och porslinsfigurerna på bokhyllan. Hon tittade på sin hand. Den såg verkligen mer avspänd ut än vanligt, de fina rynkorna var inte så många eller tydliga.

Marianne lyfte upp burken med ett finger under dess botten och ett som höll locket på plats. Hon skakade den lite. Tabletterna skramlade gemytligt. Små bleka prickar som inget hellre ville än hoppa ur glasburkens bruntonade hölje och ner i hennes svalg. Strömhopp eller alla på en gång.

Som snask. Barndomens alla prasslande tablettaskar, på biografer och i smyg på skolgårdar. Frestande och en aning förbjudet.

Hon höll upp ett piller mellan tummen och pekfingret. Det var inte onaturligt vitt, som snö eller tvättmedel, utan med den gulaktiga skuggton som finns hos benknotor eller gamla pianotangenter. Fastän långtifrån högblank, var ytan så slät att fingertopparna gled lätt över den.

Hon skulle vilja kasta in pillret i munnen och svälja, utan annan vätska än den saliv som samlades medan hon tänkte på det. Nu skulle det nog gå.

Där var gott om piller i burken, från början förmod-
ligen femtio eller hundra. Alltid ett jämnt tal. Den exakta
vetenskapen. Aldrig kunde hon tänka sig en burk med
trettiofem eller sjuttiotre, till exempel. Varför så noga?
Satt folk och räknade dem? Marianne fnissade inför sy-
nen av rad på rad med vitklädda människor som satt och
räknade piller.

Hon kände lust att svälja fler, kanske alla. Det måste
vara ett härligt sätt att dö på – bara bli tröttare och tröt-
tare och domna bort. Dvala.

Marianne stoppade tillbaka pillret i burken och slöt
handen om den. Det låg makt i den lilla bruna glasbur-
ken – makten att göra slut på sig själv. Marianne var glad
att ha fått den i sin hand. Nu kunde hon när som helst ta
steget. Bekvämt och smidigt, utan att någon skulle kunna
hindra henne.

Möjligheten lugnade henne ännu mer. Hon tryck-
te det bruna glaset mot kinden. Det var svalt. En trygg
känsla. Här fanns en lösning på allt, tålmodigt väntande.

"Mamma", kom en försiktig röst från öppningen till
hallen.

Där stod Patrik. Blicken studsade mellan hennes
ögon och glasburken hon tryckte mot kinden.

"Vad är det, Patrik lille?" undrade hon med ett vän-
ligt leende.

Patrik tog några steg in i vardagsrummet, fyra eller
fem, och lät blicken oskyldigt vandra runt. Händerna var
nedtryckta i fickorna på de små jeansen. Han såg ut lite

grann som en förkrympt cowboy, med håret på ända och huvudet lätt på sned.

"Jag är hungrig."

"Redan? Du åt ju alldeles nyligen."

Han ryckte på axlarna.

"Jag är i alla fall hungrig."

"Men snälla Patrik, är det inte bara för att du inte har något att göra, för att du har tråkigt?"

Han skakade på huvudet med bestämt slutna läppar. Marianne sträckte ut armen och nådde precis till att rufsa om i hans hår och stryka fingertopparna mot den lätt rodnande kinden.

"Nå, vi ska väl sätta på något, så småningom. Jag bara vilar mig lite. Kan du inte leka med dina domino-brickor så länge? Det brukar du ju tycka så mycket om. Mamma ska bara ta igen sig lite, förstår du. Jag behöver det."

Hon puttade lätt på hans axel, så han skulle förstå att lämna henne ifred. Patrik lät sig dirigeras, vände och gick ut ur rummet med fötterna hasande över parketten.

Marianne grunnade på att slå på TV-apparaten. Utanför fönstren rådde mörker. Månen och de flesta stjärnorna var skymda av molnig himmel. Det lilla fönstret på kortsidan täcktes helt av en tjock gardin, som hon aktat sig för att dra ifrån ens under de korta timmar då dagsljuset härskade.

Utsikten genom fönsterväggen mot balkongen var däremot alldeles fri – den vette ut från bostadsområdet. Inga grannfasader, bara den svarta himlen. Däruppe syntes då och då små vita ljuspunkter sakta glida från vänster till höger. Mot norr.

Det borde förstås vara flygplan, fast de ibland var svåra att skilja från stjärnorna och på något vis kändes utomjordiska. I själva verket skulle alla möjliga sorters farkoster kunna passera, utan att någon skulle ana det. Marsgubbar på jakt efter undanskymda landningsplatser, kärnvapenrobotar på väg att sätta igång det sista kriget, vaktande änglar – vad som helst.

Hon hoppades att det inte alltid var bara flygplan på väg mot Arlanda.

Marianne reste sig, stannade ett ögonblick i raklång ställning för att känna efter hur benen bar och gick sedan bort till radion och knäppte på den.

Musik. Hon älskade radio. Det skulle aldrig falla henne in att köpa grammofon eller kassettbandspelare. Sådant var bara dyrt och besvärligt, man måste titt som tätt fram och vända eller byta. Radions eviga skval var bekvämare. Dessutom uppskattade hon låtarna mer när de kom som det föll sig, helt utanför hennes kontroll. De få pärlor som spelades fick man passa på att suga i sig, utan minsta aning om när man kunde få höra dem igen. Mellan dessa var de flesta låtarna en jämn gröt, ett flöde som utan störningar eller avbrott sköljde genom öronen.

Hon hade svårt för programledare som pratade för mycket mellan skivorna. Framför allt avskydde hon sportprogrammen – det upphetsade tjatandet av efternamn och siffror. Då föredrog hon tystnad.

Men nu flödade den mjuka musiksoppan från högtalarna och Marianne nynnade med i några melodifraser, samtidigt som tårna ljudlöst vickade i takt. Det var instrumentalt, vilket passade henne alldeles utmärkt. Ingen röst, inga ord, ingenting annat än tonflödet från dämpad klaviatur, gitarrer och stråkar.

Marianne mådde alldeles strålande. Hon tog några prövande danssteg och vickade på axlarna.

Jazzdans, det vore något att hålla på med! Både motion och nöje. Det var många som sagt att hon borde, att hon hade rytmen i blodet. Ett par gånger var det nära att hon anmält sig till någon kurs, men av ett eller annat skäl blev det inte av. Hon borde.

Det enda hon kommit sig för med var några enstaka besök på Friskis & Svettis nere i Torvalla sporthall, med gymnastik till dånande discomusik. I och för sig kul men alldeles för tillrättalagt, inte på riktigt.

Marianne tog flera fjädrande kliv på den blanka parketten, svängde till vänster och höger, kastade huvudet bakåt så det långa håret fladdrade runt ansiktet.

"Mamma", kom Patriks röst igen. Han stod åter precis vid hallöppningen. "När ska vi äta?"

"Snart, snart", svarade Marianne och kände en viss rodnad. Hon hade stannat upp mitt i ett danssteg. "Lugna dig bara några minuter, Patrik."

Han troppade iväg in i sovrummet. På radion tonade låten bort och hallåan förklarade att det var dags för nyheter. Marianne klev ut i köket och öppnade kylskåpet. Ögonen sökte över hyllorna men ville inte fastna på någonting. Hon var inte alls hungrig och då var det svårt att tänka på mat.

Däremot visste hon precis vad som skulle vara gott just nu. Längst ner i kylen, mellan potatis och morötter, låg en flaska Lapponia, finsk hjortronlikör, som hon fått med sig hem från en Ålandsresa för bra många månader sedan. Tänk att den fortfarande var oöppnad!

Hon tyckte om den söta drycken, mer lik outspädd saft än sprit. Här var ett utmärkt tillfälle att bryta kapsylen. Det kunde hon verkligen vara förtjänt av, efter det senaste dygnets mardrömsupplevelser. Bara några droppar att doppa tungan i.

Hon hällde upp i det minsta glaset hon hade – egentligen ett whiskyglas, men vad spelade det för roll – och bara så att likören precis täckte bottnen. Både doften och smaken var allt hon kunde önska sig – söt, mjuk, insmickrande, tjock och gul och frestande som kalifornisk apelsinblomshonung.

Marianne slog sig ner vid köksbordet och råkade blicka ut genom fönstret. Det vette åt väster, som balkongen, med utsikt över den mörka himlen och enstaka bilars sökande tvillingljus längs vägarna långt där nere. Hon konstaterade förtjust att hon kunde titta utan mer än ett litet stänk av svindel – mer kittlande än obehagligt, faktiskt. Där borta låg Torvalla och den nya ishallen. Båda läckte gulaktigt ljus och verkade dra en del bilar till sig, som flugor dras till tända glödlampor.

Trafiken på himlen hade lugnat sig, ingen enda rörlig ljuspunkt syntes. Men det kunde bero på att molnen hade tätnat ännu mer och därför dolde allt. Bara några få stjärnor syntes.

En suck slapp ur henne. Här kom vintern – nu var det bra långt till den varma årstiden. Varför var man inte beskaffad som björnarna, gick i ide så fort kylan kom och vaknade först när marken blivit bar och täcktes av tussilago?

"Mamma?"

"Men för fan, Patrik!" röt Marianne till, höjde och knöt näven, som för att slå den i bordet. "Kan du då inte förstå att jag vill vara ifred?"

"Jag är..." började han med blicken under lugg, sökande innanför hennes ögon.

"Jag vet!" avbröt hon. "Du är hungrig. Men inte svälter du ihjäl av att vänta några minuter! Eller hur?"

Hon mötte Patriks blick och försökte sig så småningom på ett vänligt leende. Den knutna näven hade slappnat av och sjunkit ljudlöst ner på bordet. Hon hade inte alls någon lust att vara arg.

Patrik teg och stod stel framför henne.

"Jag har också mina behov, det måste du förstå. Gör du det, Patrik?"

Några sekunder passerade i tystnad, sedan tittade Patrik ner och nickade. Han såg inte lycklig ut, knep ihop läpparna och stack händerna djupt ner i jeansfickorna.

"Då så", sa Marianne och log. "Då är allt bra igen."

19

Leo sköljde bort tvållöddret från ansiktet och famlade efter handduken. Efter att ha bäddat sig torr slängde han handduken över axlarna, tog stöd med raka armar mot handfatet och skakade på huvudet så att luggen föll på plats. Blicken hamnade på badrumsspegeln, två decimeter framför näsan. Perspektivet blev aningen groteskt, som genom en fisheyelins.

Leo grinade upp sig så att båda tandraderna syntes, krökte ögonbrynen tills de nästan möttes över näsroten, vände huvudet hit och dit. Han granskade påsarna under ögonen och spröda strån i den sparsamma skäggväxten, fastnade en minut i sin reflekterade blick. Badrummets hårda vita ljus frätte bort än mer färg från hans redan dessförinnan bleka hy och gav det blonda håret snölyster.

I hans eget badrum var ljuset betydligt skonsammare och spegelbilden aldrig så blek som här. Leo tyckte att han såg ut som ett lik.

Han hade inte längre någon svårighet med att snabbt framkalla det tillstånd som fick honom att sväva och kunde inte motstå lusten att göra det en gång till.

Han tog några djupa andetag. Kvickt rensades

hjärnan från sitt vanliga malande. Tankarna tunnades ut och rann bort. Han blev tom i huvudet som en skyltdocka.

Därefter fylldes bröstet av den speciella berusande känsla, som han första gången upplevt i fallet från sitt fönster.

Snart lättade hans bara fötter från badrumsgolvet. Han svävade. Känslan var ljuv. Leo var säker på att han aldrig skulle tröttna på det här.

Den snabba utvecklingen var förvånande. Efter fallet hade Leo först haft väldiga svårigheter med att på nytt nå samma lätthet, men det dröjde verkligen inte länge förrän allt gick som en dans. Ett enda dygn, inte mer.

Nu kunde han till och med reflektera över vad som hände, utan att det tyngde honom. Fast han såg sig omkring där i badrummet dalade Leo inte till golvet. Han behövde ingen sol att stirra mot, inte hålla alla sinnen låsta vid denna enda önskan att sväva. Kanske skulle fötterna snart ta farväl av marken för gott, gravitationen totalt tappa greppet om honom och aldrig mer återfå det.

Blicken föll på spegeln. Eftersom han lyft någon decimeter från golvet syntes inte ansiktet i den, bara bröstet, magen och de vita jeansbyxorna. Den nakna huden ovanför byxorna låg tätt tryckt mot anatomin, han var verkligen mager. Och så blek!

Leos ögon vidgades. Så ofattbart blek, näst intill färglös, huden var! Onaturligt, det måste vara ljuset. Men ändå – hudfärgen skilde sig inte mycket från byxtygets vita, annat än att det senare hade en skarpare lyster. Leo stirrade. Varför så blek? Försvinnande, som en vålnad. En ond aning fick honom att hålla upp ena handen framför ansiktet.

Han kunde se rakt igenom den!

Leo flämtade till. Verkligen! Handen var halvt om halvt genomskinlig, som ett föremål tillverkat av färglös, grumlig plast. Tvärs genom handflatan skymtade badrumsväggens grällt mönstrade plasttapet. Inte tydligt, i och för sig, men den syntes. Handen hade blivit transparent! Armen också. Som om kroppsfärgerna, ja, själva köttet och benen tunnats ut så att blicken förmådde tränga igenom dem.

Ungefär så hade det sett ut, mindes han, när en av fiskarna hade dött i familjens akvarium för flera år sedan. Det måste ha dröjt någon dag innan de upptäckte det. Då var fisken genomskinlig, som om vattnet tvättat all färg ur den. Sin form hade fisken behållit, kroppens konturer och fenor och mun – utom ögonen, som bara var gapande hål rätt genom huvudet – men all färg hade försvunnit. Det var en otäck syn. Definitivt död.

Leos far hade grinat illa när han plockat upp den med en tång, som om den skulle smitta om han tog i den med händerna. Som om döden smittade.

Själv var Leo inte genomskinlig på exakt samma sätt, konstaterade han vid en närmare granskning. Kroppen var inte som glas eller gelé, utan som rökformer. Blekt dis hållet innanför kroppens konturer.

Vad var det som hände med honom?

Genom att tränga in i det fält av hjärnan som berusats av lätthetskänslan och mer eller mindre punktera den, skapa en läcka med tanken, blev Leo sakta tyngre och dalade till golvet. Samtidigt såg han hur kroppen blev fastare och tätare, röken tjocknade till blek hud, som blev ogenomtränglig och slutligen hade en viss svag färg, när fötterna tryckte stadigt mot golvet.

Leo stirrade åter rätt in i spegelbilden av sitt ansikte. Han svettades. Han lade armarna i kors och tryckte dem hårt mot bröstet. Där innanför bultade hjärtat och lungorna ryckte i korta, hastiga andetag. Ett ord slank med dämpad röst mellan de minimalt särade läpparna:

"Satan!"

Så det var här haken fanns, tänkte Leo bittert. Här var den mörka sidan han hela tiden fruktat. Aldrig fick lyckan vara förbehållslös!

Leo hade så långt tillbaka han kunde minnas ideligen fått erfara att det som gladde mest alltid hade det högsta priset. Stor njutning måste tydligen ha ett inslag av lika stor plåga. Varje positiv överraskning åtföljdes av en besvikelse. Med sorg i hjärtat hade han vant sig vid att det var så och lärt sig vaksamhet inför varje glädjestund, att stålsätta sig vid de lyckligaste tillfällena. Därför hade han också det senaste dygnet känt en stigande misstänksamhet och oro, i väntan på den bittra malört som måste finnas dold i glädjebägaren.

Nu kände han ingen tvekan om att just ha smakat den. Lättheten var så verklig att den tunnade ut honom, gjorde kroppen till ett moln.

Det slog Leo att han ovetandes kanske hade lekt med döden. Blev han lättare genom att i allt högre grad upphöra att existera? *Fade away*. Blekna bort, som på bio.

Ännu hade han lika lätt för att landa som för att lyfta. En dag skulle han kanske inte förmå det, utan stiga högre och högre som en heliumfylld ballong och försvinna för evigt i stratosfären.

Leo var innerligt tacksam för att inte ha försökt lyfta riktigt högt, trots att frestelsen då och då infunnit sig. Någon vag instinkt måste ha hindrat honom. Nu förstod han med iskyla i bröstet att försiktighet var av nöden, om han inte ville förlora sin kroppsliga existens och bli enbart en rökpust.

Leo levde sig in i sin kroppshyddas hela tyngd och soliditet, klappade med handflatorna på axlar, mage och ben, kände fotsulorna tryckas platt mot badrumsgolvet.

Det verkade få honom att öka i tyngd med samma tydlighet som han tidigare lättat. Fungerade det åt båda hållen? Kunde han bli tyngre, lika väl som lättare?

Han hade inte kommit på tanken att pröva tidigare, men nog borde det vara möjligt att lirka med tyngdlagen åt båda håll på ungefär samma sätt, med samma sorts tankeövning. Kunde det vara så?

Varför inte? Det verkade i och för sig rimligt. Att bli lätt eller tung – varför skulle det ena vara möjligt och inte det andra? Leo granskade sin spegelbild och trodde nog att han blivit mer kompakt än normalt. Konturerna var skarpare, huden på något vis tydligare och tjockare i färgen. Låg inte också håret tätare mot skallen?

När han sträckte ut armen framför sig, så att pekfingret snuddade vid spegelglaset, kändes den tung som bly. Leo sänkte den igen och lät näven falla mot handfatskanten. Det sjöng till och hela handfatet vibrerade. Han kände sig som jätten i en folksaga, funderade på att stampa i golvet eller kanske hoppa på stället.

Då föll blicken på en liten badrumsvåg i ena hörnet av badrummet. Den hade frotté på fotbrädet och en liten glasruta där mätsiffrorna syntes. Leo klampade fram och ställde sig på den, koncentrerad på att vara riktigt tung.

Det slog till inuti vågen, mätskivan for runt och stannade på 120 kilo, som var vågens övre gräns. Leo skakade på huvudet. Nästan dubbla hans normala vikt! Och det fanns igen chans att gissa var nålen landat om mätområdet sträckt sig längre upp.

Men Leo kände också att kroppen blivit tung att bära, benen sviktade och det började värka i korsryggen. Fick också hjärtat kämpa hårdare? Det dunkade ljudligt i bröstet.

På nytt blev Leo rädd. Det blev svårt att andas, den tyngd han framkallat höll på att krossa honom.

Han klev ner från vågen, som knastrade under fötterna, millimetrar från att brista sönder, och skyndade sig att på nytt titta i spegeln.

Nu låg håret tätt mot huvudet, ögonlocken svullnade och gled ner över rödsprängda ögon, pannan var fårad och hakan hängde. Axlarna hade krökts framåt och bröstkorgen förlorat sin spänst. Han höll på att åldras, att säcka ihop!

Leo kämpade för att vända processen, kippade med väsande andetag efter luft, skakade med stor ansträngning på huvud och armar.

Det var en ond spiral. Han blev allt tyngre och kunde inte hejda förloppet. Krackeleringar dök upp över hela huden. Den torkade och verkade vara på väg att lossna från köttet, som skalet på en skrumpnande gul lök.

Med uppbjudande av sina yttersta krafter lyckades Leo böja på knäna och ta ett skutt rätt upp. Det hade inget av spänst, blev mest ett fånigt gupp där fotsulorna bara en mikrodels sekund lyfte från golvet. Men det räckte.

På något vis hade hans försvinnande korta luftfärd hejdat den kvävande känslan. Med knakande ryggrad kunde Leo sträcka på sig och ta riktigt djupa andetag. Snart slätades rynkorna ut, axlarna höjdes och bröstet vidgades. Huden blev yngre och färgades av rodnad.

Så fort han nått sin normala vikt svängde Leo bort från spegeln och bet sig hårt, hårt i kinden för att hejda sinnenas irrfärder. Inga fler experiment!

En känsla av innerlig tacksamhet bubblade i ådrorna. Han hade undkommit, mer genom försynens skickelse än av egen förmåga.

Allt det fantastiska han upplevt de senaste dygnen – det var farligt också! Dödligt farligt. Hur kunde han ha varit blind nog att inte inse det från första stund?

Försiktighet. Han måste behärska sig, ta varliga steg i dessa underverksmarker – antingen det eller helt vända dem ryggen. Svårt att uthärda.

Från att först bara ha känt den mest berusande lycka över att kunna lätta från jordklotet, fann han sig fångad i en fälla mellan tyngd och lätthet, där varje avsteg från det exakt normala kunde vara oåterkalleligt. Var det tyngdlagens beväpning – dess polis?

Leo ville gråta och slå näven hårt i kakelväggen. Aldrig fick man härja fritt!

20

Med sakta lossnande kramper i solarplexus plockade Leo upp sin tröja och lämnade badrummet. Han var så matt att tröjan var nära att glida ur hans grepp.

Av rädsla för att tappa balansen och falla ihop på golvet vågade han inte släppa handtaget omedelbart efter att försiktigt ha skjutit igen dörren. Så fort ögonen någorlunda vant sig vid dunklet utanför badrummet, en skön vila efter den gnistrande vitglansen därinne, tog han kurs mot en lämplig plats att landa på och stapplade iväg åt det hållet.

Bara en lampa lyste i hela rummet, en flaskliknande sak på nattduksbordet vid sängen. Trots att dess ljusstyrka knappast översteg tjugofem watt såg Leo snart varje vrå av rummet ganska tydligt.

Där rådde en stämning av nattlig vila. Inga ljud, inga bjärta färger. Krukväxterna verkade sloka i sömn, gardinerna var ordentligt fördragna till skydd mot insyn från grannfasadens alla fönsterrutor.

I dubbelsängen av betsad furu låg Gunilla inkrupen under duntäcket. Hon betraktade honom avvaktande, med slutna läppar. På den tiden då de bodde ihop skulle hon säkert ha kommit med pockande frågor om den långa tid Leo tillbringat i badrummet. Fast frågorna säkerligen också nu hopades i hennes strupe och kittlade tungroten, kom inte ett ljud över läpparna. Hon begrep bättre.

Leo var glad att slippa förklara, men blev ändå irriterad av att förnimma hennes outtalade nyfikenhet tvärs genom rummet. Den granskande blicken och tystnaden blev lika obehagliga som de mest närgångna ord. Vad trodde hon egentligen att han pysslat med där inne? Varför bekymrade hon sig alls?

Ännu mer irriterade det honom att han själv faktiskt stod där och oroade sig över vad hon kunde få för sig.

Fan också! tänkte Leo och slängde tröjan över axeln. Varför ville hela världen komma innanför hans hud?

Gunilla hade hunnit ordna det riktigt prydligt åt honom med ett par tjocka kuddar – hon kom tydligen ihåg att Leo ville ligga med huvudet högt – och makat sig undan på sin sida av sängen, så att det var gott om plats. På nattduksbordet stod en askkopp och tändstickor.

Gunilla mindes hans vanor mycket väl. Leo ville alltid röka en cigarrett innan det var dags att trycka kinden mot kudden och blunda. En vana han ännu höll fast vid, trots att den då och då varit nära att grilla honom.

Det var sagt att han skulle sova över.

"Så att du inte får för dig att göra något nytt hopp från ditt fönster", hade hon förklarat.

Sova över, inget mer. Han hoppades också att det skulle stanna därvid. Slumrande orosandar skruvade på sig i hans inre, spöken från förr. Leo hade ingen lust att väcka dem. Det skulle bli så komplicerat.

Han lät tröjan falla ner över fåtöljen på andra si-
dan nattduksbordet och slank ur byxorna. Med fingrarna
instuckna innanför kalsongernas resår tvekade Leo och
ville helst behålla dem på, för att slippa stå alldeles naken
inför den blick han just vänt ryggen. Men Gunilla hade
så noga reda på hans vanor – hon kom förstås också ihåg
att han alltid brukade sova naken. Han skulle göra sig
löjlig om han plötsligt blev pryd. Leo ryckte dem av sig
och slank hastigt in under täcket.

Sängen var mjuk som sockervadd, lakanen bländ-
ande rena och doftande av tvättmedel, svala som mid-
sommarnätter. Raklång på rygg med huvudet högt på de
båda kuddarna, tände Leo en cigarrett och vände ansiktet
mot Gunilla, som tittade honom rätt i ögonen.

"Sov du", sa han. "Jag ska bara röka färdigt."

Hon dröjde några sekunder med sitt svar:

"Godnatt, Leo. Sov gott."

"Godnatt."

Gunilla tryckte kinden mot kudden och blundade.
Leo stirrade mot taket, tog djupa bloss och gjorde rök-
ringar. Han hade sjunkit djupt ner i madrassen. Det svala
lakanet väckte liv i huden.

Feta rökringar seglade snett uppåt, vidgades, sträck-
tes, kröktes och löstes sakta upp. Han tog ännu djupare
bloss, försökte göra riktigt kraftiga ringar och stack ett
sträckt pekfinger genom en av dem. Röken välvde sig
trolskt runt det, men nu for han fram med hela handen
och splittrade ringen innan röken stigit för högt. Bitarna
kastades ut åt alla håll i hastigt tynande spiraler.

Uppslukad av detta märkte Leo inte att tobaken tog
slut, förrän stanken från det brända filtret stack till i gom

och näsa. Han skyndade sig att fimpa.

Det smakade beskt i munnen. Han svalde flera gånger och övervägde att tända en ny cigarrett men lät det vara. I stället släckte han lampan, vände sig om och borrade in ansiktet i kudden – utan att kasta ett enda öga på Gunilla, som låg alldeles tyst bredvid honom.

Leo blundade och andades ut med en suck. I samma sekund insåg han att det skulle dröja länge innan han somnade.

Det var ofta så. Fanns den minsta anledning kunde Leo förbli sömnlös hela natten. Många gånger var det då lika bra att inte alls försöka. Han brukade klä på sig och ta långa promenader runt Brandbergen och skogspartierna omkring. Bli ute i timmar, tills han var frusen ända in i märgen. Skulle han behöva göra så även i natt?

Men det var vinter nu. Leo hade inga ordentliga kläder med sig och inte minsta lust att behöva förklara sig för Gunilla, som säkert skulle översvämma honom med frågor om han klev ur sängen.

Kanske sov hon redan? Leo höll andan och lyssnade. Trots Gunillas regelbundna andetag kunde Leo svära på att hon var vaken. Kanske låg hon och höll ögonen på honom i mörkret.

En minnesbild dök upp innanför hans slutna ögonlock. Gunilla alldeles naken på hans mage, glatt guppande med alla tio fingrarna i hårda grepp om hans axlar. Plötsligt sänkte hon ansiktet mot honom så att hennes hår föll ner och stängde ute allt ljus. Hon tryckte läpparna mot hans och tvingade in sin tunga i hans gom. Leo såg det tydligt för sig, kände hennes kropp och läppar, trots att det var länge sedan.

Leo muttrade innanför slutna läppar och vände sig på sidan. Örat trycktes djupt ner i kudden och började susa.

Ny bild. Schweizerbadet vid Dalarö. De hade lagt sig på en filt en smula avsides, nästan uppe bland träden. Det hade just börjat regna. Folk rafsade ihop sitt pick och pack och skyndade mot sina bilar. Gunilla stack handen innanför hans badbyxor fast vem som helst kunde se. Å, som det hade fått hjärnan att gnistra!

Ingen av alla dem som skyndade förbi hade lagt märke till det, kanske för att hon gick till verket med sådan självklarhet. Och regnet föll tätare. Han hade flämtat som en tyngdlyftare.

Leo vände över på mage och tryckte sig mot madrassen. Stjärtmusklerna spändes. Han knep ihop ögonlocken hårdare.

Många, många, många gånger hade de rullat runt i den bastanta dubbelsängen så att den knakade och knarrade. Deras kroppar hade gnuggats samman. Han hade tryckt näsan mot hennes hals precis där örat möter käken och sugit in de många dofterna, kramat hennes bröst, tryckt tänderna mot kroppens mjuka delar tills små fördjupningar bildades.

Hur mycket säd hade han spillt inuti henne eller på hennes mage, som smörjolja mellan dem? I nätters mörker och morgnars bleka ljus. Fingrarna snärjda i hennes mörka hår, bultande erektion hållen av hennes läppar och tungan infernaliskt kittlande.

Leo fördömde sig själv flera gånger om, samtidigt som han vände sig, drog ner täcket till midjan och öppnade ögonen.

"Gunilla", undrade han stilla. "Sover du?"

Det var så mörkt att han inte riktigt kunde se hennes ansikte, men en hand spretade med sina fem fingrar ovanpå täcket. Leo skulle just peta på den, när det rörde sig i täcket och Gunillas ansikte dök upp, spöklikt i den täta skuggan.

"Nej", svarade hon med en röst som inte lät det minsta sömndrucken. "Vad är det?"

Leo ryckte på axlarna, osäker på hur tydligt hon såg honom. Han ville att Gunilla skulle upptäcka hans nakna kropp, dess värme och trånande hud, de spända musklerna.

"Det här känns fånigt", sa han och lyfte ögonbrynen högt i pannan. "Så här kommer jag aldrig att kunna somna."

Gunilla svarade med en lång tystnad. Leo visste inte vad han skulle göra, låg bara stilla med täcket nedskjutet under naveln och blicken hoppande mellan hennes ögon och hals. Sedan upptäckte han att hennes hand sakta lyfte från lakanet och sträcktes fram, som en reptil närmar sig sitt paralyserade byte. Ytterst lätt fångade den fingertopparna på Leos ena hand.

"Kom då", viskade hon och drog minimalt i fingrarna.

Leo lyfte duntäcket och kröp inpå henne. Han hade hunnit bli så pass kall att värmen som mötte honom var bastulik. Det ryckte till i hennes hud när han först rörde vid den, men snabbt fick de samma temperatur. Leo

tryckte sig intill hennes kropp ända från huvudet till tå-
spetsarna, ville inte lämna någon luft mellan dem.

Leos kinder blossade, varenda muskel i finger-
lederna genomfors av hastiga små kramper och hela un-
derlivet kliade till vansinne.

"Det var länge sedan", mumlade han i Gunillas öra.
"Jag kan verkligen känna hur jag har längtat."

"Jag också", svarade Gunilla och petade med finger-
toppen några gånger på hans stånd. "Har du levt som en
munk, hela tiden?"

"Praktiskt taget. Det har varit så mycket annat. Men
nu! Allt är precis som jag minns det – lukterna, värmen,
ljudet från sängen, ekot i rummet, allt!"

"Jag har bestämt ett svagt minne av dig också",
mumlade Gunilla och log för sig själv.

Hon såg inte mycket mer än Leos silhuett och en
svag ljusreflex i hans blonda lockar. Duntäcket gled ner
mot sängens fotände när Leo vred och vände på sig.

Gunilla kände sig generad och tvehågsen. Den
ivriga kroppen bredvid henne lockade men samtidigt
kändes det för sent, som en vilsen repris.

Vad drev honom? Knappast mer än den stegrande
styvnaden mellan benen. Ändå fanns alla tentakler kvar
mellan dem. Det hade hon känt redan kvällen innan, när
Leo bjudit på konstigt te och berättat om det obegripliga.
Men det här?

Gunilla var övertygad om att hon gjorde klokast i
att trycka honom ifrån sig med båda handflatorna. Men
de magra lemmarna som trevade över hennes torso och
den beska doften från Leos hud, luftstrålarna från hans
näsborrar på hennes kind – hon kom sig inte för med

någonting.

När Leo tryckte in tungan mellan hennes tandrader kände hon genast igen den. Leos tunga. Leos händer trasslade håret till tovor och rusade över huden. Det skulle inte kunna vara någon annan.

Alltid en sådan brådska eller alls ingen åtrå. Det fanns inga mellanting i Leo. Nu hade han så bråttom att komma ovanpå henne att han blev klumpig. Gunilla fick säga till för att få en chans att bli av med trosorna, innan han lagt sig över henne och tryckt sitt kön djupt in i hennes.

Där lugnade han sig en smula. Brådskan föll av honom, som om han äntligen hittat hem.

Gunilla kände en märklig, sorgsen lycka över att åter sluka honom på detta vis, att känna Leo både på magen och inuti den. Förening. Det borde inte vara möjligt för honom att någonsin mer lossna från henne. I alla dessa känslors hetta borde deras skinn smälta samman. Gunilla grep om hans bakhuvud och tryckte ansiktet tätare till sig.

Leo började gunga, hans djupa andetag sköljde virvlar av luft mot hennes skuldra.

När han närmade sig sitt crescendo var det som om han höll på att glida ifrån henne. Trycket mot Gunillas mage och bröst lättade, stötarna trängde inte så djupt.

"Sluta inte!" bad hon, höll hårt i hans huvud och krokade benen runt honom.

Fortfarande höll han på att glida loss.

"Det gör jag inte!" svarade Leo och höjde takten, men var ändå på väg bort, som om någon drog i honom.

Gunilla insåg vad som hände. Leo var på väg att

stiga upp i luften, som han gjort i skogsdungen vid fotbollsplanen!

Fast han inte ville det höll kroppen på att lyfta från sängen – med sådan kraft att Gunilla tydligt kände det i armar och ben. Hon knep åt, höll fast och kämpade emot, slöt honom till sig med all styrka hon kunde mobilisera.

Leos armar var också slutna runt henne i en panisk omfamning, men han var så nära sin extas att nästan all kraft samlats till hans kön. Armarna blev lama.

Gunilla greps av skräck. Vad skulle hända? Det blev allt svårare att behålla greppet om Leo. Fast hon verkligen tog i som en tokig fick hon inget stadigt tag. Hon tryckte sig hårt mot hans kropp men den höll ändå på att glida bort, som om inget riktigt fast och kroppsligt fanns innanför hennes omfamning. Höll han på att bli till luft?

Trots att deras kontakt blev allt lättare fortsatte Leo att pumpa sitt skrev mot henne, som om däri låg den enda räddningen. Snart skulle han glida ur hennes slutna famn, upp mot taket. Snart.

Gunillas egen kropp vibrerade av fasa. Just som armarna domnat av den fruktlösa ansträngningen och Leo gled ur hennes grepp, då skrek hon till – både av skräck och av en överraskande orgasm.

Sedan kände hon äntligen Leos utlösning komma, precis när hans kön gled ur henne. Det ryckte i honom och hela Leo verkade nästan gå upp i rök, förlora kontur och form. Gunilla bet ihop och blundade. Fingrarna klöste hans rygg i det sista desperata famlandet efter honom. Hon höll andan.

I nästa sekund föll Leo. Resårerna gnisslade och han slog emot henne så tungt att Gunilla tappade andan.

Där blev de liggande en lång stund, alldeles stilla i djup och ljudlig andning, passivt omslingrade. Resårfjädrarna stillnade och det blev tyst.

"Förlåt", sa Leo sedan. "Det var inte meningen."

Gunilla tittade honom djupt i ögonen. Ett tyst, skrämt skratt bubblade i halsen. Allt var så tokigt, vad kunde man göra? Vad skulle hon tro?

"Kan du inte kontrollera det?"

"Jag vet inte. Jag vet ingenting. Det bara händer."

"Det är för galet!" suckade Gunilla. "Ska du behöva gå i koppel hädanefter?"

Han lutade huvudet tillbaka och såg in i Gunillas ögon. Hettande kinder och svettpärlor i hårfästet. Bröstkorgen böljade in och ut.

Han såg så sorgsen ut, tyckte Gunilla. Hon ville klappa hans rodnade kind, som man gör med små barn, och mumla tröstefulla ord.

"Gunilla", sa Leo sakta med så mörk röst att den fortplantade sig i vibrationer genom madrass och kudde. "Jag är inte ens säker på att jag överlever."

Söndag

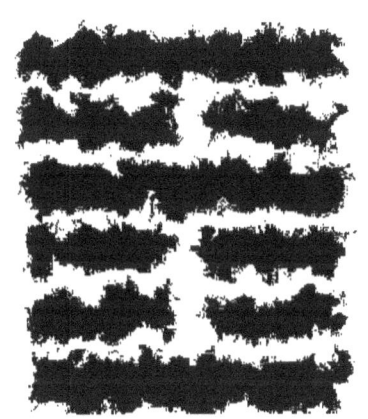

Den 6 november 1983

21

Den kalla vinterluften bet i lungorna och stod som ånga ur mun och näsa. Snön hade för länge sedan trängt innanför gymnastikskorna och blött ner strumporna ända fram till tåspetsarna. Ändå frös inte Gunnar det minsta. Blodet rusade genom ådrorna och varenda muskel hade arbetat sig varm och mjuk. Han hade sprungit i högt tempo ända hemifrån, med bara två korta uppehåll vid gatukorsningar.

Det gjorde gott i kropp och själ.

På ett par kilometers löpning genom bostadsområdet, denna stilla söndagsförmiddag, hade han inte mött en enda människa förrän nu, bara dryga hundra meter från radioklubben. Redan tredje steget efter att han upptäckt henne ångrade Gunnar att han inte hade följt sin första impuls och vikt av åt ett annat håll. Den unga kvinnan, som kom vandrande rakt mot honom på gångvägen, var inte en främling.

Varför följde han aldrig sina instinkter? Vad för slags självtuktan tvingade honom att alltid bete sig som en lydig skolpojke, snabb att uppfylla de orimligaste plikter? Nu var det för sent att vända.

Den unga kvinnan hade genast känt igen honom. Fast hon försökte dölja det, var det uppenbart att hon tänkte tränga sig på – hur mycket han än höll undan blicken och ökade takten.

Utan det blekaste minne av hennes namn hade Gunnar känt igen kvinnan som en av sina patienter – en ensamstående småbarnsmor, knappt trettio år men med en tyngd i ansiktsdragen som fick henne att verka äldre. Han hade behandlat henne för små tendenser till depression. Säkert var hon i största allmänhet otillfredsställd med sin vardag. Ett litet barn att ta hand om, vars far snabbt övergivit dem.

Hon hade det väl inte alltför lätt, men det var faktiskt söndag. Gunnar var ledig och ville sannerligen själv välja sitt umgänge. Det fanns gränser även för en läkares plikter. Varför hade han inte väjt?

Nu kom det spruckna skådespeleriet när hon mimade ett plötsligt igenkännande och stannade upp framför honom – alldeles lagom i vägen för att han inte skulle kunna springa förbi. Hon visade ett ursäktande leende.

"Förlåt, men är det inte doktor Lundblad?"

Han fick en innerlig lust att neka, eller bara ropa ja och rusa förbi. Det hade varit riktigt festligt, något att skrattande berätta för kollegorna på vårdcentralen. Men han stannade, skakade hand och hälsade vänligt.

Den unga kvinnan hade inte förstått att säga sitt namn. Hon ville väl inte tro annat än att han kom ihåg det. Men Gunnar kände igen henne mycket väl. Hon hade varit nere på vårdcentralen ett antal gånger, ensam eller med sin son, en ganska tystlåten krabat på fem eller sex år.

Det förvånade Gunnar att han kom ihåg henne så pass tydligt, fast hon inte på något sätt skilde sig från den stora kader av trötta och desillusionerade ensamstående mödrar, som sökte bot på läkarmottagningen.

Utan vare sig smink eller någon särskild ordning på frisyren, med kappan oknäppt och armarna i kors över bröstet, såg hon ganska miserabel ut. Ändå kunde han konstatera att hon hade en trevlig figur och ett rart ansikte, om det inte burit en så eländig min. Men ögonen var rödsprängda – han fick en känsla av att hon druckit. På söndagsmorgonen? Det hade kanske bara varit en sen natt.

Fastän det syntes tydligt att hon var härjad försökte hon sig på ett glättigt tonfall.

"Jag hade ingen aning om att ni bodde i de här trakterna."

"Det gör jag inte heller", svarade han, oavsiktligt så rappt att det måste låta mycket avvisande. Han mildrade tonen. "Jag är bara här i ett ärende."

Han kunde inte låta bli att snegla längtande mot huset där radioklubben låg – bara hundra meter bakom kvinnan.

"Själv bor jag i just det där huset", fortsatte hon och pekade åt samma håll som han tittade. "Men det kanske ni redan visste."

"Nej, det gjorde jag inte."

"Nej, det är klart. Hur skulle ni kunna hålla reda på det, när man tänker efter?"

Han fick bita ihop tänderna för att inte råka le åt henne. Återhållen desperation gömdes i röstens lätta vibrato och de stela, hastiga figurer fingrarna oupphörligt formade där de tryckte mot överarmarna. Det var något hon kämpade med att få ur sig. Blicken studsade över hans ansikte, sökte stöd. Gunnar släppte fram en smula av det hejdade leendet och gav kvinnan en uppfordrande, frågande blick.

"Ni får förlåta om jag besvärar på er lediga dag", började hon försiktigt, "men jag har ett problem som jag verkligen skulle behöva prata med någon om."

"Det är vad jag är till för", svarade han. "Vad gäller saken?"

Hon tittade bort, som lockad av en dagdröm. "Igår blev jag vittne till en olycka. En ganska otäck en."

"Ja, det är naturligtvis svårt att komma över."

"Fast det var inte precis så. Jag menar, det var inte själva olyckan. Jag har ju sett sådant förr – blod och så, menar jag." Hon kastade en vädjande blick på honom. "Det var inte själva olyckan som var det värsta."

"Vad var det då?" Gunnar kunde inte låta bli att försöka skynda på henne.

"Det måste ju ha varit en hallucination, men den skrämde verkligen slag på mig! Att först se honom falla från fönstret – sju våningar till marken – och några timmar senare möta honom utanför porten!"

Hon hade åter vänt bort blicken. Gunnar tyckte att hennes ansiktsuttryck på sätt och vis liknade en nunnas, halvt vänt mot himlen och hänfört som av en uppenbarelse. Hon såg egentligen inte alls ut att lida av minnet. Gripen, långt in i märg och ben, men inte plågad.

"Han var nästan lika tydlig som ni är nu, fast alldeles vit och liksom skimrande. Och han svävade faktiskt. En liten bit över marken. Inte mycket mer än några centimeter."

Hon visade mellan tummen och pekfingret och

vände blicken tillbaka mot Gunnar.

"Jag vet att det låter fånigt, men det är vad jag såg. Och nu kan jag inte få bort synen från näthinnan, kan inte tänka på annat. Och jag är alldeles livrädd för att se honom igen. Kan ni förstå det? Håller jag på att bli alldeles galen?"

Gunnar undrade om han skulle lägga en lugnande hand på hennes axel. Han avvaktade med det.

"Var inte orolig, det behöver inte alls vara så märkvärdigt. Var det en anhörig?"

"Nej, inte alls. Därför har jag så svårt att förstå varför jag reagerar som jag gör. Visst har man hört talas om avlidna föräldrar och makar som visar sig som vålnader – men en fullständig främling? Vi hade aldrig ens växlat ett ord." Hon skakade på huvudet och ryckte på axlarna med en min av obegriplighet. "Inte ett enda ord, doktorn. Det var en ung man, kanske tjugofem år, blond och mager och på något vis oförstörd. Oskuldsfull. Jag fick i alla fall det intrycket."

Hon slog ner blicken en smula skamset.

"Men då var det inte helt och hållet en främling", sa Gunnar försiktigt. "Ni hade träffats."

"Han bodde i huset bredvid, högst upp i en av de där smålägenheterna utan balkong." Hon pekade utan att vända sig om, rädd för att själv se åt det hållet. "Jag såg honom ofta sitta uppkrupen i fönstret. Han gjorde det jämt, utan minsta tanke på höjden. Vansinne! Det måste hända en dag."

Samtidigt som orden kom fortare, fick hon allt svårare att uttala dem tydligt. Halssenorna spändes och blicken for åt alla håll.

"Jag tror att han satt och tittade på solnedgångarna varje kväll i flera månader. Stilla som en staty, stirrande rakt in i solen. Det var en vana han hade, jag kan inte begripa varför. Så fort solen gått ner och det blev mörkt, klev han in till sig och stängde fönstret. Så höll det på."

Hennes ögonbryn kröktes och tryckte mot ögonlocken. Läpparna stramade, som om hon just svalt en citron. Rösten blev sträv, utan klang.

"I förrgår kväll föll han."

Nu var det Gunnar som lyfte blicken och sveptes iväg av en flod hetsigt anstormande tankar. Han tittade mot huset hon pekat ut, den närmaste grannen till radioklubbens.

"Sjunde våningen?" mumlade han, halvt till sig själv och halvt till ingen alls. "Blond, ungefär tjugofem år?"

"Ja", svarade kvinnan med iver i rösten. "Vet ni vem det var? Fick ni kanske ta hand om..." hon stakade sig någon sekund, "...om liket?"

"Nej", sa Gunnar avlägset och skakade på huvudet.

"Jag hörde faktiskt aldrig någon ambulans och efteråt syntes inga spår efter det som hänt. Inget blod, ingenting. Efter bara två timmar! Och nu är fönstret stängt. Ibland får jag för mig att alltihop, från början till slut, bara var inbillning. Tänk om det vore så!"

"Inbillning", upprepade Gunnar, fortfarande fylld av egna tankar.

Nu tittade den unga kvinnan upp på honom med en ny blick, både konfunderad och angelägen.

"Tror ni verkligen det, doktorn? Var det aldrig någon som föll, var det något jag trodde mig se, för att jag fruktat det så länge? Hände allthop bara i mitt huvud?" Hon försökte dra hans blick till sig. "Är det möjligt?"

Gunnar bara skakade på huvudet och vägrade att sänka blicken, ville ingenting säga. Han behövde tystnad, måste tänka. Det kunde inte stämma! Han svor tyst över sin tröga hjärna, som inte genast uppenbarade den självklara förklaring som måste finnas. Tankarna for bara runt och flydde gäckande varje försök till logik.

Vad var det egentligen fråga om?

Han gick igenom allt Gunilla sagt kvällen innan och minnet av den där unge mannen, som varit så butter och avvisande. Han hade ju givit med sig, hade erkänt att allt var bara lögn! Gunnar skulle behöva sätta sig ner, sitta mjukt och slappna av, tugga på något eller ha något för händer. Han kunde inte hejda hjärnans virvlar. Sju våningar!

"Nej", yttrade Gunnar med sin mörka röst. "Det är inte möjligt!"

Den unga kvinnan suckade och sjönk ihop där hon stod.

"Jag var rädd för det."

22

"Fan!" väste Gunilla mellan sammanpressade tänder, samtidigt som hon knöt morgonrocken riktigt hårt runt midjan. "Fan, fan, fan, fan!"

Det måste hända igen, vad hon trott sig för evigt befriad från. Första förnyade försöket, första övertrampet på ett drygt halvår och här var det – ännu ett av dessa erbarmliga uppvaknanden! Ensam, nesligt övergiven i sin förvuxna dubbelsäng, mitt i röran av kuddar och fluffigt ejderdunstäcke.

Var fanns den mångomtalade kvinnliga instinkt, som borde ha väckt henne när Leo någon gång under natten lättade från madrassen, kröp i kläderna och smög mot ytterdörren? Kanske fanns den hos alla andra kvinnor, men själv hade hon sovit som en stock genom hans fräcka smitning och vaknade inte förrän detta envetna plingande i dörrklockan satte igång.

Innan hon ens slagit upp ögonen begrep Gunilla att hennes sängkamrat var borta. Det mjuka kärleksnästet hade förvandlats till en öken, det svindyra ejderdunstäcket och alla kuddarna till trots. Hon hade känt det med en gång när hon vaknat. Öken.

Gunilla gnuggade ögonen och rynkade näsan, på gränsen till en nysning. Leo hade smitit, precis som så många gånger förr – och hon hade sovit gott. Så mycket för kärleken.

Klockan ringde igen, en skarp, uppfordrande signal.

"Jag kommer!" muttrade hon, likgiltig för att det näppeligen kunde höras ut till farstun.

Hur hade hon på några ynka timmar kunnat falla rakt ner i samma jävla fälla som hon suttit fast i under två hela år! Var hennes känslor för den där bleka virrpannan verkligen så okontrollerbart starka?

Och den förbannade Leo – var töcknet i hans inre så kompakt att han aldrig skymtade andras smärta, oavsett hur skriande den var? Fanns det i själva verket bara en enda människa i Leos liv, ett enda hjärta för honom att ta hänsyn till – det som pumpade upp blod till hans egen obegripliga hjärnklump? Var alla andra i hans ögon enbart staffagefigurer? Prydnader i Leos universum.

Nog verkade det ibland så. Till exempel just nu.

Hon skulle vilja ställa sig framför spegeln, peka finger och skratta rått åt sig själv. Ty mitt i denna bittra stund var bara en känsla starkare än frustrationen och ilskan – och det var åtrån.

Leos magra kropp, snävt omsluten av den blekaste hy, de spretande, alltför stressade fingrarna, ögonen som sällan kunde förmås att ställa om skärpan till något så näraliggande som ansiktet han hade mitt emot sig. Å, hur den där gäckande skuggan frestade henne!

Vad var det för en masochistisk ådra som fick hennes kinder att hetta allra mest inför den kärlek som hade minst att ge? Varför inte helt enkelt plocka någon av dem som längtansfullt sträckte armarna mot henne?

Det fanns åtskilliga som skulle kämpa för att uppfylla alla hennes önskningar, uttala hennes namn med darrande stämma och tydliga läpprörelser. Åtskilliga skulle sannerligen älska henne. Så varför inte söka sig en man som genast öppnade sitt bröst och bönföll henne om att slita hjärtat ur det?

Kanske just därför.

Låsta dörrar lockar. Man prövar ideligen handtaget, spanar i nyckelhålet och trycker örat mot faneret. De lämnar inte sinnet någon ro, man undrar och fantiserar oupphörligt. Men vidöppna dörrar – dem stänger man.

Gunilla skakade på huvudet och reagerade knappt när klockan ringde igen.

"Man borde bli nunna", mumlade hon och tryckte ner dörrhandtaget.

Där stod Gunnar Lundblad, läkaren. Den långa ryggen var som vanligt en aning krökt och den skarpa blicken kvick att fästas vid hennes ögon. Han hade en blekgrön täckjacka över träningsoverallen och en stickad toppluva i de grällaste färger. Gunilla var nära att brista i skratt. Han såg för tokig ut!

"Hej på dig, Gunilla!" hälsade Gunnar och den dova rösten fick en särdeles klang av ekot i farstun. "Förlåt om jag väckte dig. Har du Leo här?"

"Nej", svarade hon och kände inte längre minsta lust att skratta. "Jag har väl egentligen aldrig haft honom."

Gunnar höjde undrande sina mörka ögonbryn och fortsatte sedan:

"Vet du var jag kan få tag på honom, då? Det är ganska viktigt."

"Vad gäller det?" Hon hörde sitt hjärta slå några extraslag.

"Allt det där vi pratade om sist, om Leos påstådda flygtur", förklarade Gunnar och tryckte en av sina stora handflator mot dörrkarmen. Kanske behövde han ta stöd för att orden skulle få det avstamp tungan tycktes leta efter.

"Ja?" pockade Gunilla och höll själv hårt i handtaget.

Gunnar ryckte på axlarna i ett försök att lösa upp spänningen. Därefter såg Gunilla tydligt hur han svalde vissa ord och ersatte dem med andra, betydligt lättare att spotta ur sig.

"Jag skulle nog behöva prata lite mer med honom."

Ja, for det genom Gunillas huvud, vem skulle inte behöva det?

23

För att inte klämma katten som låg hopvirad i knät fick Leo hålla gitarren i brösthöjd. Det blev lite otympligt. Han hade dragit för gardinerna. Ögonen skulle få en välbehövlig vila efter många timmars strövtåg i Brandbergen, där snön skarpt och påträngande reflekterade dagsljuset. Han kände sig tung till sinnes, som av malande huvudvärk. Då brukade en stund med gitarren lindra.

Tungt tillbakalutad i fåtöljen kände sig Leo redan en smula bättre till mods, fastän oförklarligt sorgsen. En cigarrett pyrde i askfatet bredvid den tömda tekoppen.

Leo prövade ett ackord. Ljudet sprang rovdjurslikt fram ur gitarren och fyllde rummet. Klangen var inte helt ren, men skar inte heller så falskt att han ville bry sig om att stämma – det brukade ta sådan tid och dämpa glädjen i spelandet.

Katten hade kastat upp huvudet med spetsade öron men sänkte det snart igen, utan att ens titta åt gitarren. Leo spelade en enkel ackordsgång några varv. Fingrarna slappnade gradvis av och anslaget ökade i kraft. Vibrationerna kittlade bröstkorgen. Han tog en ton innanför slutna läppar, slöt ögonen och började sedan sjunga med ljus, bräcklig röst.

Finns det nåt land
där man kan leva som man vill?
Finns det nåt land
där en obstinat kan hålla till?

Nu lyfte katten åter huvudet och vände sin outgrundliga blick mot Leos ansikte. Öronen pekade rakt upp och vände de vithåriga öppningarna framåt. Katten tittade rakt på Leos mun.

Han kände sig både road och en smula generad. Plötsligt sjöng han inte längre bara för sig själv. Han hade fått ett slags publik. Fingrarna blev klumpigare och rösten svävade. Leo försökte låta bli att bry sig om det.

Det skulle kanske ordna sig
om de bekymrade sig om mig.
Ja, då skulle det kanske ordna sig.

Kattens blick hade fastnat på hans läppar. Den reste sig sakta, sträckte halsen, särade en liten aning på käkarna och lät höra ett kort, halvkvävt jamande. Leos mungipor gled oemotståndligt upp i ett leende, som blev så brett att det var svårt att fortsätta sjunga.

Men varje gång de hejdar mig
när nya världar öppnar sig,
är det deras rädsla som säger nej.

Katten reste sig på bakbenen, lade framtassarna på gitarrens ovansida och sträckte sig så den nådde att nosa nyfiket bara en centimeter från Leos läppar. Trodde den att hans sång måste dofta? Leos ögon skelade av att försöka hålla katten i blickfånget. Det blev så tokigt att han brast i skratt.

"Du var mig då ett underligt djur", konstaterade han när skrattet tonat bort.

Dörrklockan ringde.

"Jävlar!" sa Leo utan att förlora sitt goda humör. "Tillbaka till vardagen."

Han funderade på att låta bli att öppna. Det vore skönt att hålla yttervärlden stången ännu några timmar. Men att tyst sitta där medan klockan ringde och ringde, utan att ha en aning om när vem det nu var därute gav upp – det vore inte ett dugg bättre än att ta tjuren vid hornen med en gång.

Han ställde ifrån sig gitarren, lyfte ömt katten och släppte ner den på golvet.

"Jag tänkte väl att det var hit du gick", muttrade Gunilla med en besk ton. "Orkade du inte hålla dig hemifrån längre?"

"Jag tog en promenad", sa Leo och sköt upp dörren. Han hade knappt sneglat åt Gunilla, eftersom den där läkaren stod strax bakom henne. "Och så måste jag ju ta hand om katten."

Den kom fram som på beställning, tryckte sig mot Leos vrist med svansen sträckt rakt upp och visade varken Gunilla eller läkaren det minsta intresse.

"Du kunde ha sagt till mig innan du stack."

"Men du sov ju", svarade Leo med oförstående min. "Jag ville inte väcka dig."

"Jaha", muttrade Gunilla. "Jaha."

Knappt hade de tagit ett steg in i hallen, förrän Leo sträckte ut ett magert pekfinger rakt mot Gunnar och frågade med skarp röst:

"Vad gör han här?"

"Leo!" protesterade Gunilla, men utan den indignation hon försökt mobilisera.

"Jag heter Gunnar, som du säkert kommer ihåg", svarade läkaren, likgiltig för Leos fräna tonfall och pekfinger. "Det var jag som insisterade på att vi skulle hälsa på dig."

"Varför då? Sist lät det som om du hade klarat av mig och min inbillning."

Den här gången besvarade Leo Gunnars blick med lika stor intensitet. Inget öga sviktade och luften mellan dem hettade.

"Det kan så vara", mumlade läkaren efter en stund.

"Jag tycker att du ska lämna mig ifred. Det var aldrig jag som bad om dina åsikter." Leo sneglade en kvarts sekund på Gunilla, som nästan svalde sin tunga. "Har du så förbannat ont om patienter att du måste ägna söndagen åt att jaga nya?"

"Vi kanske skulle lugna ner oss en smula..."

"Jag är lugn! Och jag mår hur bra som helst."

"Det låter inte så."

Leo stönade högt till svar och vände sig om. Han lyfte upp katten i famnen, gick och satte sig i en av fåtöljerna och tände en ny cigarett. Gunnars mungipor kröktes till ett diskret leende när han och Gunilla följde efter och tog plats på varsin sida om honom.

"Ska vi inte kunna prata om det här som vuxna

människor, Leo? Tycker du inte det, ärligt talat?"

Leo svarade genom att skicka rökpustar mot taket.

Gunnar tänkte på vad den förvirrade kvinnan hade berättat. Och han såg på Leos ljusa hår, den bleka hyn och de vita kläderna.

Två utsagor – först Leos egen och sedan den där kvinnans. Det var en för mycket. Kunde galenskapen smitta av sig? Hade en ung mans innerliga dröm ristat sig på en ångestfylld kvinnas näthinna? Eller hade verkligen naturlagarna tagit rast?

Gunnar förbannade sig själv för att ha hamnat mitt i denna cirkus.

Han ville få ett snabbt slut på den, glömma alltihop och försvinna ner till radioklubben. Där var de säkert redan flitigt upptagna av radiovågor från jordens alla hörn, från människor som gick att stänga av bara genom att trycka på en knapp.

"Nåväl", återtog han motsträvigt. "Har du flugit något mer sedan sist, Leo, eller har du slutat upp med det?"

Leo sa inte ett ord, stirrade bara rakt fram med glödande ilska. Just som Gunnar givit upp hoppet om något svar och öppnade munnen för att ta till orda igen, muttrade Leo lågt:

"Vad tror du själv?"

"Jag tror ingenting."

"Nej, just det. Ingenting. Men om du är så säker på att jag aldrig flög – varför frågar du?"

"Jag vill höra vad du har att säga."

"Jaha, det vill farbror doktorn", svarade Leo mörkt och beskt. "Och om jag svarar att ja, jag har flugit – då är jag sinnesförvirrad, i akut behov av psykvård. Men om jag svarar nej – då är allt bra."

"Det är inte säkert."

"Jo, det är säkert. Så enkelt är det för dig."

Gunnar suckade inombords. Om det bara vore, tänkte han. Om det bara vore så enkelt!

"Kanske är det galet att tro att världen är mer än vad experterna säger. Men vore det inte ännu galnare att förneka sådant som faktiskt hänt, bara för att det sägs vara omöjligt?"

"Det beror på."

"På vad då?"

"Sinnena kan ibland bedra oss."

"Ja, det skulle ju förklara allt. Men", fortsatte Leo och tittade genomträngande på Gunilla, "hallucinationer smittar inte."

"Kanske inte", sa Gunnar.

Leos ord hade känts som att få en dörr i ansiktet. Två utsagor, det var hela problemet. Gunnar drog ett djupt andetag.

"Man måste tänka förnuftigt, man måste undersöka – inte bara tro."

"Fy fan!" fräste Leo med en grimas. "Jag vet inte vilken värld som är mest sann – din eller min. Men jag hoppas verkligen att det är min. För Gud, vad din är trist!"

"Det beror på vad man gör av den."

"Inom rimliga gränser?" undrade Leo hånfullt. "Vad man gör av den, inom rimliga gränser?"

"Inom det möjligas gränser!"

Leo fimpade cigarretten så hårt att det dunkade i bordsytan och glöd och aska yrde i askkoppen.

"Hör du doktorn! Allt det där är faktiskt ditt problem, inte mitt." Han reste sig ur fåtöljen med katten i famnen. "Kan du dra åt helvete nu?"

Läkaren satt stilla i några demonstrativa sekunder med blicken fäst på Leo och fingrarna knackande på armstödet. Gunilla kunde inte få ett ord ur sig. Katten i Leos famn hade fortfarande inte på minsta sätt visat sig medveten om deras närvaro.

Leo såg ut att vara hårsmånen från vilda våldsamheter. Gunilla kände igen symptomen. Käkmusklerna som knöt sig, den stelnade blicken, halsen som såg ut att krympa när musklerna i axlar och nacke spändes. Han kunde ibland explodera av vrede. Hon hade bevittnat det några gånger och visste att det var fasligt nära nu.

Men i Leos ansiktsuttryck fanns också stolthet, en växande stolthet som verkade dämpa vreden.

"Det finns ett sätt", återtog Gunnar och riktade fingret mot Leos bröstkorg. "Ett sätt att överbevisa mig om att du har rätt och jag fel."

"Kan du inte fatta att jag struntar blankt i vad du tycker!"

"Du tänker väl inte backa ur?"

Gunilla kved inombords. Det här lät mer och mer som småpojkars uppgörelser på en skolgård eller råbockars stångande i parningstider. Hon kunde inte låta bli att känna sig som en katalysator, det verkliga skälet till deras tvekamp – vad de än själva påstod. Det urgamla spelet.

Nu reste Gunnar på hela sin pelargestalt. Skallen var bara några få decimeter från taket. Då Leo höjde blicken såg det ut som om han själv krympte i samma takt. Storleken talade sitt tydliga språk.

Hade inte Leo haft katten i famnen var Gunilla ganska säker på att han skulle ha givit sig på läkaren med knytnävarna – om inte annat så för att på det viset kröka hans rygg. Leos ohyggliga temperament behövde inte särskilt stora påfrestningar för att braka löst. Gunnar hade gott och väl passerat gränsen.

Hon kände hotet lika tryckande som ett annalkande åskväder eller en Boeing på väg upp i luften. Bära eller brista? Gunnar verkade dock inte det minsta oroad.

"Det är den allra enklaste sak i världen", sa han, gick fram till fönstret, drog undan gardinen med ett ryck och öppnade fönstret på vid gavel. "Om du verkligen kan flyga, Leo – var så god!"

24

"Vad är det här för vansinne!" utbrast Gunilla och for upp så hastigt att skenbenet slog i bordskanten med en smäll. Smärtan rusade upp i huvudet, men hon struntade i den. "Nu har det gått för långt, alldeles för långt!"

Hon skyndade sig fram till fönstret och ville stänga det men Gunnar höll emot. Varken han eller Leo tittade åt henne.

"Men släpp fönstret, Gunnar! Vad har det tagit åt dig? Läkare ska väl rädda liv – inte ta dem!"

"Lugna dig, Gunilla", svarade han, fortfarande med blicken fäst på Leo. "Jag vet vad jag gör."

"Vet du det? Du leker med döden, det är vad du gör! Är det här verkligen så viktigt för dig?"

"Inte för mig, men för Leo. Var tyst nu!"

Under tiden hade Leo sakta släppt ner katten på golvet och klivit fram till fönstret. Där stod han med armarna hängande och blicken riktad snett uppåt, mot den disigt vitstrålande middagshimlen.

Gunilla tog ett hastigt steg och grep tag i hans ena arm. Hon höll hårt, hårt, och försökte vända honom mot sig. Men han gick inte att rubba.

"Leo, bry dig inte om vad han säger! Du sa ju själv att det inte spelar någon roll vad Gunnar säger. Var inte så dum att du gör något ödesdigert, i rena ilskan!"

Kalluften kom andedräkten att ånga när hon talade.

Leo stod så hårt tryckt mot fönsterbrädet att dess fästen knakade. Han tittade inte åt henne, rörde sig inte ur fläcken.

"Släpp mig!" befallde han stilla och avlägset.

Gunilla lydde, som en reflex, och tog ett lamt steg tillbaka.

"Ja, Gunilla", kom det från Gunnar. "Gå och sätt dig igen."

"Ni är galna, båda två!"

Hon backade sakta tills benen slog emot en av fåtöljerna. Leo stod som en staty mitt för fönsteröppningen. Gunnar var lika stilla, med handen knuten runt fönstervredet. Absolut ingenting annat hördes än bilarna borta på motorvägen. Tiden segade sig fram, trögare än en slö borr i armerad betong.

Förutom de djupa andetagen var Leo orörlig. Gunilla kände – lika tydligt som sin egen puls i halsådrorna – hur han förberedde sig, hur han längtade efter att ta steget upp på fönsterposten och ut i fria luften. Gunnar betraktade honom med rovdjurslyster i ögonen.

Sekunderna gick.

Snart tyckte Gunilla sig se hur Leos hälar verkade lätta från det gråflammiga linoleumgolvet. Svagt, minimalt. Han kanske bara vägde över på tålederna, det var svårt att säga säkert. Gunnar märkte ingenting.

Nu snart! Hon ville blunda, men ögonlocken lydde inte.

Då ryckte det till i Leo, hälarna trycktes hårt mot golvet och han sänkte huvudet, vände det åt sidan – bort från Gunnar. Gunilla såg skymten av ett blankt öga – fuktigt? – innan han blundade så hårt att kinden rynkades och ögonbrynets kurva kroknade.

"Okej", sa han med mörkare röst än hon trott att hans strupe klarade. "Okey, jag kan inte."

Gunilla kastade över blicken på Gunnar. Hon hann se både förvåning och besvikelse skymta förbi i hans ansikte, men bara helt kort, innan det där självgoda leendet tog över. Lystern i hans ögon dog, snart kröktes ryggen till den vanliga trötta hållningen. Gunnar var sig lik igen.

Vad hade han egentligen hoppats på?

Leo blundade alltjämt. Båda nävarna var vitnande hårt knutna.

"Okej, jag kan inte flyga. Det var bara inbillning. Är du nöjd nu?"

Gunnar hann bara öppna munnen innan Leo öppnade ögonen, vände blicken mot honom och fortsatte, smattrande kärvt:

"Det är bra. Och det är nog. Försvinn nu, farbror doktorn, med en gång! Annars kommer jag att slå ihjäl dig."

Det sista sa han inte hotande, utan med övertygelsens saklighet, som ren information. Ändå måste läkaren dröja flera oförskämda sekunder innan han släppte fönstervredet och styrde stegen mot ytterdörren.

Gunilla följde tätt efter, för att skynda på honom. När han väl stod ute i farstun och Gunilla tog fatt i dörrhandtaget, frågade hon med rösten drypande av bitterhet:

"Är Leo frisk nu, då?"

Gunnar stannade till och tänkte faktiskt svara.

Herre Gud, tänkte Gunilla, hur känslolös kan man vara! Hon smällde igen dörren.

25

Det hade snöat igen, men inte alls lika rikligt som dagen innan. Inte så att luften späckades av marshmallowstora, sakta dalande flingor. Den här gången hade snön fallit så glest att när Patrik höll upp handflatan fick han vänta innan den träffades av någon snöflinga. Ändå hade det räckt till att täcka marken med ett slätt vitt skikt och fortfarande föll enstaka, vilsna flingor från skyn.

Det luktade vinter. Alla ljud var dämpade, utan eko. Patrik gick omkring i ultrarapid på de snöklädda gångvägarna och gräsmattorna utanför höghuset. Framåt, bakåt och i cirklar.

Han gick med olika långa steg, ibland inte längre än de egna fötterna, ibland hoppade han så långt han orkade – hela tiden med blicken på de mönster skoavtrycken bildade. Patrik var helt uppslukad av detta. Varje avtryck kom från hans fötter, ingen annan hade gått på det släta täcket. Bara där just han klivit skymtade asfalten eller multnat gräs, som om ingen annan varelse fanns i hela världen.

Så hade Patrik hållit på under längre tid än han kunde överblicka och inte ens märkt att himlen mörknat. Nu var den svart, varken stjärnor eller måne eller molnen som täckte dem gick att urskilja. Gatlyktorna hade tänts, likaså i rask takt en efter en av höghusfasadernas otaliga fönsterrutor.

Patriks skosulor fortsatte att stämpla snön med sina sicksackmönster.

Han stannade mitt i ett steg och kastade en blick över axeln. Klickandet från låskolven avslöjade att en port öppnades. Fastän ljudet var dämpat av snön och avståndet, var det lätt att känna igen.

Därifrån, från första porten i huset bredvid hans eget. Den svängde upp och en skugga gled fram över snön, långsträckt och splittrad av flera ljuskällor. Någon var på väg ut.

Patrik kände sig besviken. Så länge hade han haft landskapet för sig själv att han fått för sig att han var den enda med tillträdesrätt. Bara Patrik fick sätta sina avtryck, lyssna till vintertystheten och bevittna hur de enstaka snöflingorna dök upp ur himlens intet, seglade till marken och gömde sig bland miljoner andra.

Men nu, en inkräktare.

En mager ung man, klädd i vitt. Patrik hade sett honom flera gånger förr, på väg till och från den där porten eller den på husets andra sida. Alltid på avstånd. Han hade nog aldrig lagt märke till Patrik. Det var som det skulle vara.

Porten slog igen. Han tog de första kliven i snötäcket och drog en hand genom håret. Önskade han att han tagit på sig en mössa? Det var inte särskilt kallt men kanske frös han ändå, för att han just kommit utomhus och var alltför lättklädd.

Patrik stod blickstilla fast risken att bli upptäckt var försvinnande liten. Den blonde tittade bara rakt framåt och verkade inte lägga märke till vare sig den nyfallna snön eller sina avtryck i den – än mindre Patrik, som stod en bra bit därifrån.

Han bar något över axeln, det gick inte att se vad. En påse? Kanske en jacka att dra på sig när koftan inte längre höll kylan borta.

Han gick med långa kliv, inte särskilt fort, i riktning mot centrum. Patrik fick för sig att följa efter, på stort avstånd och beredd att byta riktning om den unge mannen såg sig om. Han ville veta vad för slags avtryck den andre gjorde.

Gatlyktorna stod så glest att Patrik fick följa efter en god sträcka, innan han kom tillräckligt nära en av dem för att se tydligt.

Ingenting. Inte minsta avtryck, varhelst han tittade! Vad kunde det vara för slags skor?

Patrik stack fingret i snön och prövade djupet. Jo, det var tillräckligt, räckte uppför halva pekfingret, och hans egna skor lämnade de präktigaste sicksackspår efter sig. Men från den andre – ingenting!

En kittling rusade genom Patriks kropp, över huden på armar och nacke. Det här var kusligt. Han stirrade på ryggtavlan som sakta avlägsnade sig. Sedan reste han sig upp och skyndade efter så tyst han förmådde.

Där gled de fram över det stilla snölandskapet. Den unge mannen, blek och sluten som ett spöke, lämnade aldrig minsta antydan av ett skoavtryck efter sig.

Förbi Klockarbergsskolan, höghusen längs Fiskarnas och Vattumannens gata, förbi avtagsvägen till centrum, mot fotbollsplanen vid utomhusbadet.

När han nådde bollplanens grus, utan att ens på det underlaget ge minsta ljud ifrån sig, vände ynglingen och tog några hastiga steg in på den lilla skogsplätten intill.

Patrik ryste, men tvekade inte att följa efter – på lika stort avstånd som mellan två portar i ett höghus. Inte en enda gång hade den andre sett sig om eller ens vänt huvudet åt sidan. Han skulle säkert ingenting märka om så Patrik gått alldeles bredvid honom.

Mitt emellan två högresta tallar stannade han bestämt, som om det var precis den fläcken han hela tiden siktat på.

Patrik stannade också, kröp ihop en smula och försökte andas så lite som möjligt. Vad var han för en, vad tänkte han göra, den spöklike unge mannen som inte lämnade ett enda fotavtryck i den nyfallna snön och inte gav minsta ljud ifrån sig?

Han lyfte byltet från axeln och lät det falla. Nu såg Patrik. Det var ett rep, kanske långt nog att räcka fram till Patrik och tillbaka, lika tjockt som en duschslang. Vad ville han med ett rep, alldeles ensam i mörkret bland träden? Patrik kände pulsen öka, utan att förstå varför.

Nu slog ynglingen repets ena ände runt trädstammen, gjorde en kraftig knut och drog åt den så mycket han orkade. Sedan famlade han en stund på marken innan han fick fatt i den andra änden och knöt den runt sin midja.

Så lyfte han ansiktet mot den svarta skyn, lät armarna falla ner längs sidorna och väntade.

Patrik tittade åt samma håll. Där syntes ingenting,

hur han än kisade och spanade, blinkade och vickade på huvudet.

Trots att inte mycket gatljus nådde dem, där de stod till hälften inne i skogsdungen, tyckte sig Patrik se att den bleke ynglingen inte alls tittade efter något. Fast ögonlocken var öppna var det ändå som om han på sätt och vis blundade eller blivit blind.

Vilade han sig på detta obegripliga sätt, stående lika rak som trädstammen han var knuten till? Höll han på att somna?

Patrik var övertygad om att precis vad som helst kunde hända. Blixtrande ljus och väldigt åskdunder, som på bio. Vad som helst. Han stirrade med uppspärrade ögon på den andre, försökte att med blicken tränga in i honom där han stod alldeles stilla, som förtrollad. Och Patrik kände ynglingens väntan, hans trans, hans sköljande, virvlande andetag.

Då såg Patrik. Sakta högre och högre lyfte ynglingen från marken! Svävade rakt uppåt, som om han stod i en osynlig hiss.

Till en början gick det så långsamt att Patrik mera kände det än såg det med ögonen. Sedan fortare, tydligare. En meter, en till och en till.

Patrik fick lyfta blicken och sträcka på halsen. Uppåt, på några meters avstånd från trädstammen, svävade han. Repet hängde från magen, som en allt längre navelsträng. Ännu hade det inte sträckts när han passerade trädets topp. Vore han inte klädd i vitt från topp till tå skulle mörkret sluka honom på den höjden. Men där svävade han, vitskimrande som själva snön i ljuset från avlägsna gatlyktor.

Patrik kände hur håret reste sig på huvudet och huden knottrade sig. Han gapade och andades in djupt, utan att lungorna fylldes.

Repet knakade en aning när det ryckte i knuten runt trädstammen, det sträcktes och bildade en rak, nästan lodrät linje.

Patrik spanade mot den bleke. Han lyfte alltjämt. Varför stoppade inte repet honom?

Då kom det singlande, föll till marken vid trädets fot och yrde upp snö. Patrik såg på den oordnade högen, ett svart nystan på snöns blågrått skuggade yta.

"Å!" utbrast ynglingen däruppe, snopen men inte chockad, som om han egentligen förstått att det skulle gå så. Kanske uppgivet.

Sedan kom ropet igen, efter någon sekund:

"Å!"

Denna gång var det stort, förundrat, en vidunderlig upptäckt. En hel värld. Det korta ljudet gjorde omedelbart Patrik varm i hela kroppen, från fotsulor till hårfäste. Och den bleke ynglingen lyfte allt högre, krympte och blev otydligare.

Patrik hade så gärna följt honom! Så ohyggligt gärna!

Han kände glädje, en glädje som steg ju mindre den andre blev där uppe – nu inte mer än ett blekt skimrande stycke, mindre än en glödlampa, och snart mindre än lågan från en tändare.

Något damp i backen, alldeles vid repets härva. Patrik skyndade fram, samtidigt som en duns till hördes från samma plats.

Skor. Två smutsigt vita gymnastikskor. Han vände åter blicken mot skyn, mot den bleka prick som var det enda som ännu gick att se. Fler ting kom farande mot marken – byxor, kofta och strax efter dem strumpor och kalsonger. Kläderna hade fallit av honom precis som repet.

Patrik lyfte öglan som den unge mannen hade fäst runt sin midja. Den var ännu intakt, med knuten hårt åtdragen.

Patrik tyckte inte alls att det var underligt. Allt hade lossnat för att han lyft. Det var bara så.

Han lyfte åter blicken, men kunde inte längre hitta någon ljuspunkt på den mörka himlen. Där var bara svart. Stort och tyst och svart.

Han stod med alla sinnen på helspänn, minut på minut. Inget hände. Svart. Tyst.

Patrik gick fram till trädet och löste efter stort besvär upp knuten. Fingrarna blödde och det sved som eld i nagelbanden. Han samlade ihop repet i en hög och lyfte den mödosamt i famnen. Det var så tungt att ryggen kröktes och knäna sviktade, men han orkade.

Han tittade ett ögonblick på klädesplaggen, huller om buller i den kringrörda snön. En blick mot skyn. Där fanns ingenting. Sedan vände han och gick hemåt, med armarna hårt knutna om rephärvan, likgiltig för dess kärva yta, för snön och kylan som trängde djupt in i händerna, armarna och bröstet.

Trots repets tyngd kunde Patrik för varje steg

sträcka en aning på ryggen och gå rakare. Skorna fjäd-
rade mot snön. Han hade ingen tanke på vad för avtryck
de gjorde.

26

Ett skrapande ljud ryckte Gunilla ur hennes tankar. Hon hade vilat blicken på TV-rutans flimrande bild, utan att ens lägga märke till vilket program som visades. Bilden var ändå så dålig på Leos lilla svartvita apparat. I stället hade hon sjunkit djupt ner i oklara dagdrömmar.

Efter ett kort uppehåll kom skrapandet tillbaka, mer intensivt. Det var från hallen. Gunilla vände huvudet dit. Där stod katten på bakbenen, spänd i en båge mot ytterdörren. Den rev och krafsade på dörren, som för att gräva sig igenom den.

"Men vad gör du?"

Katten stannade upp utan att sjunka ner från sin uppsträckta ställning, vände blicken mot henne, särade käkarna någon centimeter och gav ifrån sig ett kort, sprucket jamande.

En bön, alldeles uppenbart. Det var första gången katten visat Gunilla någon uppmärksamhet.

"Jaså, nu går det an att vara ödmjuk", mumlade hon med ett litet skrockande. "Nu när du behöver min hjälp."

Katten jamade igen och fortsatte sedan sitt krafsande. Framtassarnas klor dansade frenetiskt mot dörren. Öronen var tillbakafällda och svansen låg i en skarp kurva, från fästet till den svagt skälvande svanstippen, som ett S.

En silvertiger, tänkte Gunilla. Verkligt vacker med de svarta ränderna i den grå pälsen. En katt som passade sin ägare – vacker och främmande.

"Men vad är det? Vill du ha fatt i Leo, saknar du husse?"

Hon undrade varför det kommit först nu. Leo hade varit borta i mer än en halvtimme, utan att katten brytt sig det minsta. Så snart han stängt dörren hade den tagit hans plats i fåtöljen, virat ihop sig och till synes somnat.

Men nu, plötsligt, visste den inte till sig av otålighet.

"Han kommer ju snart", tröstade Gunilla utan att själv känna sig särskilt övertygad om det. "Leo är tillbaka när som helst. Vi får ge oss till tåls båda två."

Katten vände åter sitt huvud mot henne och jamade – denna gång högt och skarpt. Det var en enträgen begäran, inte längre någon bön. Därefter fortsatte den sitt krafsande med sådan kraft att det inte skulle förvåna Gunilla om klorna trängde igenom träets yta och gjorde flis av dörren.

Kanske hade katten hört Leo i farstun. Hon reste sig och gick ut i hallen. Det var omöjligt att strunta i kattens oljud, pockande som babyskrik. Den blev ännu ivrigare, som för att visa att hon var på rätt väg.

Gunilla tryckte örat mot dörren men kunde bara höra klornas skrapande, lika påträngande som ljudet av ett tåg i en tunnel.

"Vi får väl se efter då, om du bara vill lugna dig en aning."

Hon böjde sig ner och tog ett försiktigt grepp om kattens rygg med ena handen, samtidigt som hon tryckte ner dörrhandtaget med den andra. Katten föll lydigt ner på alla fyra och stirrade tyst mot öppningen.

Farstun var alldeles öde. Inget liv, inget ljud, inte heller från hissen.

"Är du nöjd nu? Jag vet lika lite som du var Leo håller hus, men han borde vara tillbaka alldeles strax. Du får ha tålamod, katt. Det har jag fått lära mig."

Just som hon började skjuta igen dörren spratt det till i den andra handen, som av en plötslig spasm. Katten hade ryckt till, glidit loss ur hennes grepp och tog ett skutt ut i farstun.

Den lösgjorde sig så enkelt, så självklart, att Gunilla kunde rodna av hjälplöshet. Katten hade blivit rovdjuret, det otämjda, och ingenting kunde hålla fast den. I stor hast försvann katten nedför trappan.

"Vänta! Vad gör du? Kom tillbaka!"

Gunilla gav ifrån sig en svordom, slog igen dörren och skyndade efter. Då och då skymtade hon tiger-randspälsen mellan räcken och trappavsatser. Men hon kunde inte komma ikapp den hur hon än hetsade stegen och flämtande halkade nedför våning efter våning. Lyck-ligtvis var farstun lika öde som vanligt.

"Men för fan, kattskrälle – kan du hejda dig!"

Gunilla bävade inför tanken på hur Leo skulle rea-gera om katten var försvunnen när han kom hem. Hon bönade och bad att portarna skulle vara stängda och ingen glasruta sönderslagen.

Äntligen nådde hon bottenvåningen. Där trippade katten rastlöst omkring, nosande och ynkligt jamande vid porten som vette bort från Brandbergen. Den var lycklig-tvis stängd.

"Där ser du hur långt du kom", tillrättavisade Gunilla och undrade om katten skulle göra motstånd när hon tog tag i den.

Hon klev försiktigt närmare, vaksam på vad katten skulle ta sig till. Gunilla var så andfådd att det stack i bröstkorgen. Katten rörde sig hela tiden på stället, som om benen kliade.

"Det hjälps inte! Nu ska du med tillbaka in i lägenheten. Du får allt vänta på Leo, precis som jag."

Då blev hon varse en skugga som dykt upp utanför porten. Någon var på väg in.

"Nej!" utbrast hon, men för sent.

Porten rycktes upp och redan innan springan blivit bredare än en handflata, slank katten förbi.

"Stäng!" ropade hon gällt och kastade sig fram. "Stoppa katten!"

Den var ute, redan mer än tio meter från porten, på språng mot slänten ner till Söderbyleden. Hon hade ingen chans att hinna ifatt den. Gunilla stannade i porten.

"Fan, fan!" muttrade hon, stönade och dunkade handflatan i pannan. "Nu har jag ställt till det!"

Mannen som öppnat var i medelåldern, klädd i keps och en stor, mörkblå täckjacka. Han tittade på Gunilla med ett trumpet uttryck i ansiktet. Han höll fortfarande upp dörren men hade hejdats i det första steget in i farstun.

När katten inte längre syntes, mötte Gunilla mannens blick och kände obehag.

"Katter ska man inte ha i lägenhet", sa han skrovligt och mästrande. "De ska vara fria."

Måndag

Den 7 november 1983